CB139500

Netto Perde sua Alma

Outras obras do autor publicadas pela Editora Record

O amor de Pedro por João
O fascínio
A região submersa
A cabeça de Gumercindo Saraiva

Tabajara Ruas

Netto Perde sua Alma

2ª EDIÇÃO

EDITORA RECORD
RIO DE JANEIRO • SÃO PAULO

2001

CIP-Brasil. Catalogação-na-fonte
Sindicato Nacional dos Editores de Livros, RJ

R822n Ruas, Tabajara, 1942-
2ª ed. Netto perde sua alma / Tabajara Ruas. – 2ª ed. – Rio de Janeiro: Record, 2001.
160p.

ISBN 85-01-06264-2

1. Romance brasileiro. I. Título.

01-1252 CDD – 869.93
CDU – 869.0(81)-3

Copyright © 2001 by Tabajara Ruas

Fotografia de Werner Schünemann como general Netto, no filme *Netto perde sua alma*, por M. V. Martins

Direitos exclusivos desta edição reservados pela
DISTRIBUIDORA RECORD DE SERVIÇOS DE IMPRENSA S.A.
Rua Argentina 171 – Rio de Janeiro, RJ – 20921-380 – Tel.: 2585-2000

Impresso no Brasil

ISBN 85-01-06264-2

PEDIDOS PELO REEMBOLSO POSTAL
Caixa Postal 23.052
Rio de Janeiro, RJ – 20922-970

EDITORA AFILIADA

Esta ficção sobre o general farroupilha Antônio de Souza Netto foi escrita durante uma viagem no verão europeu de 1995. (Em boa parte, nas acolhedoras casas de Paulo e Karen, em Copenhague, e de Marconi e Raquel, em Estocolmo.)

E é para Ligia.

Sumário

Prólogo 9

PARTE I Corrientes 11

PARTE II Reunião no morro da Fortaleza 43

PARTE III Dorsal das Encantadas 71

PARTE IV Último verão no Continente 89

PARTE V Piedra Sola 103

PARTE VI Corrientes 137

Prólogo

Pontual como sempre, a enfermeira-chefe Rosita Zubiaurre atravessa o corredor com seu passo enérgico em direção aos quartos dos oficiais, estranhando a porta fechada do gabinete do cirurgião, tenente-coronel Philippe Fointainebleux. A porta do cirurgião fechada a esta hora da manhã é realmente um fato notável no seu metódico cotidiano.

O primeiro quarto que a enfermeira visita é onde está o jovial general brasileiro, com quem mantém silenciosa comunicação, plena de subentendidos que a deliciam.

Abre a porta e sente o quarto frio. A janela está entreaberta, e a brisa agita os três enormes mosquiteiros brancos. Mas o quarto parece ainda mais frio porque nenhum dos dois pacientes responde ao seu bem-humorado buenos días!

O major Ramírez tem o rosto retorcido, como se tivesse padecido uma agonia atroz. Com certa repugnância inexplicável, a enfermeira Zubiaurre coloca o pequeno espelho sob as narinas do major Ramírez e constata que ele não respira mais. A enfermeira Zubiaurre está acostumada com a morte, mas desta vez é surpreendida pelo calafrio que a atinge. As mãos do major Ramírez parecem garras, parecem ter atacado ou se defendido de alguém com ferocidade.

Aquilo a assusta.

Volta-se para o general brasileiro com o coração oprimido. É com alívio que vê a serenidade de sua expressão. Coloca o espelho sob suas narinas. O general Netto também não respira mais.

A enfermeira Zubiaurre une as duas mãos do general sobre o peito e faz o sinal-da-cruz.

Parte I

CORRIENTES

Hospital Militar de Corrientes, República Argentina, 1º de julho de 1866.
Segundo ano da guerra entre a Tríplice Aliança e o Paraguai.
Madrugada.

1

Havia uma porta batendo em algum lugar. Havia um reflexo de água brilhando no teto do quarto. Havia três camas no quarto, com enormes mosquiteiros pendurados no teto, como três fantasmas de noivas flutuando no ar. Pareciam flutuar porque a janela estava entreaberta e entrava uma brisa que agitava brandamente os mosquiteiros.

Netto olhou para a cama à sua direita. Não tinha sido um pesadelo. Tinham vindo durante a noite e tinham removido o capitão de los Santos. Cinco dias antes tinham amputado as duas pernas do capitão de los Santos.

O capitão não estava satisfeito. O capitão chamava o cirurgião de *carnicero.* O capitão clamava contra o cirurgião, tenente-coronel Fointainebleux, de que este queria ficar com sua mulher Colomba, e seus dois filhos, Pedro e Aristarco, e queria também ficar com sua estância e com seus cavalos e até Colita, o vira-lata que encontrara num monturo de lixo em Tuyuty, quando buscava comida (o capitão de los Santos buscava comida) e que o seguira nos piores momentos do combate.

Netto lembra o desespero com que o capitão de los Santos olhou para o próprio corpo decepado, o horror com que examinou o vazio patético dos lençóis e lembra quando o capitão de los Santos o encarou com os olhos marejados de lágrimas, e disse numa voz perplexa, deformada de pena e de ódio:

— General, ele fez isso de propósito!

Netto espreita o silêncio do hospital, como se esperasse ouvir os gritos do capitão de los Santos. Quem teria levado o capitão de los Santos? O capitão teria morrido durante a noite? Como não viu entrarem no quarto e levarem o capitão de los Santos?

— *Porque estava dormindo outra vez, general.*

Cada vez mais freqüente, essa voz o incomoda há anos. Está escondida num canto escuro, e de repente irrompe, afiada, infantil, ferindo.

Eles o encheram de sedativos. Natural que estivesse com o sono pesado. Mas, e se o capitão de los Santos tivesse razão nas suas queixas? Não era para estar alerta? Em todo o caso, ele vira as pernas do capitão de los Santos. Ele lembra do cheiro que se desprendia das feridas nas pernas do capitão de los Santos.

Mas, e se a voz tem razão?

O tenente-coronel Philippe Fointainebleux era um francês pedante, falso no sorriso e brutal no tratamento com os inferiores. Enquanto tinha suas duas pernas, o capitão de los Santos rira dele durante dias, imitando suas maneiras afetadas e inventando histórias a seu respeito, tentando impressionar a impassível enfermeira-chefe Rosita Zubiaurre.

— A receita é simples, irmã Zubiaurre. Basta uma lebre, uma garrafa de vinho e um pouco de imaginação. A imaginação consta do seguinte, segundo a índia Concepción, hoje com cento e dois anos.

O capitão de los Santos olhou para Netto com uma cumplicidade caricata.

— Duas colheres de sopa de vinagre, um molho de salsa, azeite, cravo e noz-moscada, sal e pimenta-do-reino. Ah, sim, e uma cebola picadinha.

O capitão de los Santos começou a enrolar os bigodes com coqueteria.

— Lave, limpe e corte a lebre em pedaços, e depois a leve ao fogo numa panela com água e o vinho tinto. Sal à vontade. E a salsa, o cravo, a noz-moscada. Faça um refogado com azeite, sal, cebola e pimenta-do-reino, mais vinagre e água. Quando o refogado estiver pronto, junte-o com a lebre, que já deve estar cozida, misture bem, deixe mais um pouco no fogo e depois sirva.

Deixou de enrolar os bigodes, manejou até conseguir um olhar de sinceridade infantil. (Não conseguiu dissimular o desejo que se vislumbrava pelas fissuras da máscara, o desejo que o tornava bizarro e assustador.)

— Com todo o respeito, irmã Zubiaurre, a garantia é de cinco horas. Cinco horas com o membro ereto e firme, como uma sentinela do 2º Corpo montando guarda. Não estou querendo me exibir, irmãzinha, é uma experiência científica. Qualquer cristão pode experimentar. Até o tenente-coronel Fointainebleux. Claro que a receita não garante aumentar o tamanho do membro do coronel, até porque isso é coisa que vai contra a vontade do Criador.

O capitão de los Santos deu uma gargalhada doentia, já envenenada pelos odores que subiam das feridas nas suas pernas, mas calou-se de golpe, invadido por genuíno pavor, ao ver na porta do quarto o alto e magro tenente-coronel Fointainebleux, com o sorriso falso pendurado nos lábios.

— Boas notícias para o senhor, capitão de los Santos. Hoje vamos fazer nossa pequena cirurgia.

Quando voltou da sala de cirurgia, o capitão de los Santos não tinha mais nenhuma de suas duas antigas e cômodas pernas. O quarto perdeu o cheiro de podre que vagava indefinível entre os mosquiteiros. A enfermeira Zubiaurre colocou um ramo de bem-me-quer num vaso com água. E o soturno major Ramírez, que ocupava a terceira cama, gemeu, mudou de lado, e ficou com o único olho brilhando, tenso, mau, na expectativa de ver o capitão de los Santos acordar.

2

Há uma porta batendo em algum lugar. A cama da direita está vazia. A cama da esquerda tem o corpo enorme do major Ramírez, respirando pesadamente, fazendo gestos confusos. Há um reflexo de água brilhando no teto do quarto. Quando o trouxeram para o hospital, Netto viu o pequeno jardim com a fonte. Deve ser o reflexo do tanque onde está a fonte, um ser híbrido de peixe e homem com um arpão, cuspindo um jato de água. Mas o mais provável é que sejam reflexos das poças de água. Choveu toda a noite, monotonamente, uma chuva parelha e adormecedora, varada pela brisa que agitava os mosquiteiros e fazia essa porta bater em algum lugar.

Netto não consegue mais dormir. Pensa no tenente-coronel Philippe Fointainebleux. É sua obrigação denunciar o tenente-coronel. Foi uma maldade cortar as duas pernas do capitão de los Santos. Precisa falar com o comandante do hospital. Esse francês é um homem perverso. Percebeu desde o instante em que ele entrou no quarto pela primeira vez, com aquele sorriso. Tocou no seu rosto com os dedos compridos e morenos de cirurgião, e Netto se contraiu de repugnância.

As mãos dele não cheiravam a éter ou iodo ou a qualquer produto semelhante com que costumam cheirar as mãos dos médicos. Cheiravam a sexo e a urina. Era um desrespeito.

— *Deve ser coisa premeditada* — disse a voz séria, a pomposa.

— *Um médico tem de lavar as mãos, caralho!* — exclamou com indignação a voz bonachona.

Talvez fosse o caso de denunciar o tenente-coronel, mas talvez não fosse. Estão em guerra. Cirurgiões fazem falta. Esse francês é voluntário. Ninguém sabe do seu passado, mas é voluntário, e cirurgiões fazem falta.

A guerra atrai voluntários de toda parte, cada um com sua razão secreta. Vieram da Inglaterra, França, Espanha, Alemanha, trazendo táticas, armas, conhecimentos, experiência. Vieram desde oficiais formados nas escolas mais tradicionais até mercenários, sobra de guerra das campanhas colonialistas da África e Oriente, todos a peso do ouro da City de Londres. Ele, Netto, também é voluntário. Também tem uma razão.

— *A sua qual é, general?*

Maldita voz infantil autoritária! Suas razões são nobres. Suas razões sempre foram nobres. Sempre tiveram a consciência como padrão.

— *General mentiroso!*

A camisola grossa gruda no corpo molhado de suor. Netto se mexe, angustiado. O ferimento não foi nada. Um sabre de raspão na coxa. O que o derrubou foi a malária. A malária que apanhou nos charcos de Estero Bellaco.

Vinha com o exército aliado em perseguição a López, à frente da Brigada Ligeira, quando se determinou a ocasião do combate. A fortaleza de Solano López era ali, atrás daquela região pantanosa, e foi ali que as tropas da Tríplice Aliança se postaram, na expectativa do golpe mortal contra o ditador.

O Corpo de Voluntários Rio-grandenses era composto de veteranos da Revolução Farroupilha, gente de sua confiança, que atendeu a seu chamado. Todos a chamavam de Brigada Ligeira de Netto, e esse era seu orgulho mais caro e mais secreto.

Tinha se unido às tropas da Tríplice Aliança — a Argentina, o Brasil e o Uruguai — não apenas porque detestava ditadores, não apenas porque apoiara o colorado Venâncio Flores a se tornar presidente do Uruguai (seu antecessor, Pancho Aguirre, aliado de López, o perseguia, bem como a outros brasileiros que viviam no Uruguai) e não apenas para suster o passo do ditador paraguaio e acabar com sua arrogância, mas porque no fundo acreditava em grandes transformações políticas e econômicas.

— *Depois da guerra, o sul da América estará mais unido e organizado e preparado para enfrentar os desafios comuns de países novos, que aspiram à modernidade* — disse a voz pomposa, como se estivesse numa tribuna.

— *Após a guerra, é certo que o Brasil se transformará numa república, sem escravos* — disse a voz bonachona.

— *Chega de conversa fiada, vire de lado e durma um pouco, general* — disse a voz infantil, com falsa preocupação.

A cama do major Ramírez range. Netto fica alerta. O major Ramírez fala dormindo, diz coisas ininteligíveis, palavrões, ordens de combate. Todos dizem que o major Ramírez é um herói. Receberá uma promoção e uma medalha quando sair do hospital. Destino bem diferente do capitão de los Santos. Pobre tolo! Por que fora desafiar o tenente-coronel Fointainebleux?

Não vai acontecer nada ao tenente-coronel Fointainebleux. Quando a guerra terminar é bem possível que o tenente-coronel receba uma comenda, um consulado. Pensando bem, pensando friamente, nestas circunstâncias, o mais decente a fazer é matar o tenente-coronel Fointainebleux.

— *Muito bem, índio velho, assim é que se faz* — disse a voz bonachona dentro dele.

— *Tem um bisturi na gaveta da cômoda* — acrescentou a voz infantil, num tom inocente.

3

Vem rastejando no barro, vem rastejando nessa gosma escura e pegajosa que se gruda a seu corpo, vem rastejando nessa geléia fétida que lhe entra pela roupa e pelas botas, que lhe invade a boca e os ouvidos, que o cega e o afoga e o torna vulnerável e infeliz e quase o faz pedir por socorro. Não pede socorro porque seu orgulho o impede. Prefere afundar nesse pântano que já engoliu cavalos e homens a abrir sua boca para dar um grito de socorro. Nunca pediu socorro na sua vida, não é agora que irá começar. Está no círculo do Inferno onde padecem os orgulhosos, ali será humilhado, afogado nessa massa infecta, ali desaparecerá para sempre e não terá mais as mãos pequeninas de Teotônia brincando em seus cabelos.

— *Não foi orgulho, foi o dever* — diz a voz pomposa.

Tinha visto Venâncio Flores ser envolvido pelos paraguaios comandados pelo general Benítez, e tinha visto Osório em pessoa acudir à testa dum corpo de segunda linha e restabelecer o combate (*Osório bateu-se como um cadete*, escreveu Palleja em seu Diário) e então não hesitou e deu voz de carga para a Brigada e a Brigada entrou majestosamente nas águas traiçoeiras do Estero Bellaco e arremeteu contra as tropas do general Benítez e o choque se deu naquele cenário insólito, onde os cavalos afundavam lentamente, eriçados de terror, e o combate parecia se travar em movimentos lentos, como se todos estivessem mais pesados e as armas fossem de chumbo e então ele viu o sangue deslizando na curva do pescoço de Topázio e o não decifrado sentimento que o fazia parar um instante nos momentos mais cruciais de sua vida bateu em cheio em algum lugar dos seus nervos e foi dobrado por absurda piedade pelo nobre animal que começava a morrer e tentou limpar o sangue a escorrer pelo pescoço e sentiu que afundava nas águas agora turvas e cada vez mais escuras e percebeu a lama e o horizonte de palmeiras jataí e o frio e a brisa e o silêncio.

Vem rastejando no barro. Não pode abrir a boca. Se abrir a boca, se procurar dizer alguma coisa, qualquer coisa, o barro fétido entrará pela sua boca, entrará com aquelas minúsculas e repugnantes criaturas viscosas, lhe dará náuseas, se afogará nessa água fria e escura e silenciosa.

Vem rastejando. Tentou limpar o sangue do pescoço de Topázio. Uma garra entrou no pescoço do alazão.

A garra dum jaguar.

Apoiou firme a carabina ao ombro, mas tudo era resvaladiço e pegajoso.

Teve vontade de gritar, a vontade de gritar trazia junto a vontade de chorar, ergueu-se no meio do pântano sacudindo aquele trapo molhado, com ele tentou limpar o pescoço gotejante, vamos dar essa carga, nós seremos os únicos a dar a carga, vamos mostrar a eles todos quem nós somos.

Vem rastejando. Venâncio Flores não era seu compadre nem López era seu inimigo, mas o destino entrelaça as coisas independentemente da vontade humana. Já tinha apreendido essa banalidade. Ela o amparava quando a consciência mordia, era uma boa e simples muleta, mesmo nesse barro onde rasteja.

— Vosmecê foi usado pelos ingleses para atacar López! — gritou Topázio.

Sem admiração, e sem o consentimento da vontade, em fatias muito finas, foi sendo paralisado por uma espécie desconhecida de emoção e adivinhou que era o terror.

O alazão afundava lentamente no pântano. Apanhou a adaga, o cabo escorregava, ergueu a adaga bem alto, viu a adaga contra o céu azul, previu a descida rápida e sem pena contra o belo pescoço curvo e musculoso.

— Foi usado por Venâncio Flores para ele tomar o poder! — gritou Topázio com ódio.

— Mentira!

Cravou a adaga no pescoço musculoso. Agarrado ao cavalo, começou a afundar. Deu um grito enorme, de sua boca saltaram serpentes e labaredas.

Era inevitável estar empapado no suor da febre e do pesadelo quando sentou na cama, pálido e ofegante. Mas, provisoriamente, estava salvo da vergonha. O major Ramírez dormia, murmurando obscenidades, como quem reza. A cama do capitão de los Santos estava vazia. O silêncio tomava os corredores, as escadas, o pátio molhado pela chuva.

4

Escuta o silêncio do hospital. Maldita febre. É ela que o faz mergulhar nesses pesadelos, que o faz ouvir vozes, traz lembranças, o torna vulnerável, o aproxima cada vez mais da temida velhice.

Quatro semanas atrás ninguém diria que tinha sessenta e três anos. Quando descobriam sua idade as pessoas emitiam exclamações de admiração, jurando que não tinha mais de quarenta. Sabia que era vaidade o sentimento que nessas ocasiões o deixava levemente pedante, mas havia sempre uma inquietação acima da banal vaidade quando as exclamações vinham das bocas das mulheres.

Intuía que elas o olhavam com mais cuidado por trás dos leques de nácar, e descobria — com o mesmo e incontível sentimento de júbilo que experimentava nas carreiras de cancha reta — o início, sem anúncio, sem regras, do jogo mudo da sedução e do desejo.

Tinha percebido, conforme as estações e o humor, que os anos aumentavam ou diminuíam seu intermitente sentimento de culpa, mas deixavam inalterado o desejo e a excitação pelo jogo.

Quando chegou sujo de lama e sangue, a enfermeira Zubiaurre lavou-o sem dizer uma única palavra. Ao descobrir sua idade, porém, permitiu-se um sorriso quase invisível.

Por mais invisível que o sorriso fosse, não escapou a Netto. A partir daí, presume que ela começou a esfregá-lo com mais vagar, com certa delicadeza deliberada, com uma implícita volúpia, e que o sorriso invisível durou todo o período do banho.

(Netto adormece na banheira, abandona-se àquela infância fugaz e disforme que a água morna restaura, percebe as mãos da enfermeira-chefe subindo e descendo por seu corpo com a esponja ensaboada, não sabe se se abandona ao êxtase, se deixa o instinto triunfar, se permite ao membro crescer, brutal e ansioso.)

Netto escuta o silêncio do hospital, percebe a chuva recomeçar, sorrateira, pensa no sorriso da enfermeira Zubiaurre. Naturalmente, ela percebera sua reação, mas mantivera impassível o sorriso e a lentidão dos gestos. Nos longos dias chuvosos que se sucederam, floresceu entre os dois uma intimidade tácita, feita de olhares tão macios como o toque das mãos dela.

Muitas vezes, Netto cogitou se tudo aquilo não era produto da febre que a malária causava. Tinha, entretanto, suficiente experiência nesse tipo de embate para saber que o toque das mãos da enfermeira-chefe transmitia alguma coisa mais do que a estrita competência profissional.

O major Ramírez gemeu. O major Ramírez também tinha recebido seus ferimentos no combate de Tuyuty (o olho direito tinha perdido muito antes, numa das guerras contra Aguirre) e todos diziam que seria promovido por bravura. O major Ramírez tinha tomado um canhão paraguaio sozinho, e o tinha virado com as mãos, e todos o olhavam com assombro e admiração. Mas Netto sabia que não podia contar com o major Ramírez para uma missão de caráter nobre como o assassinato do tenente-coronel Philippe Fointainebleux. Netto desprezava o major Ramírez, apesar do seu tamanho e da sua coragem.

Tinha conhecido o major Ramírez na rendição dos paraguaios em Uruguaiana, e o vira jogar-se, excitado e febril, no macabro comércio de escravos. Com determinação e tino comercial, o major Ramírez separava grupos de prisioneiros e os vendia para fazendeiros argentinos, uruguaios e brasileiros.

Na Argentina e Uruguai, ao contrário do Brasil, a escravidão estava proibida pela constituição, mas prisioneiros de guerra não eram negros trazidos da África nos porões dos navios. E na verdade, por cínico ou brutal que fosse, o destino de escravo numa fazenda do interior era preferível ao de voltar à frente de batalha. Os prisioneiros que não tinham sido vendidos eram incorporados ao exército aliado e tinham de lutar contra sua própria bandeira. Era uma indignidade, mas aquela não era uma guerra como as outras.

Um vulto passou no corredor. Poderia ser a enfermeira Zubiaurre. Netto ficou atento. O desejo passou a lenta mão macia no seu ventre. A *enfermeira Zubiaurre nua, nua, branca, na banheira, e ele a esfregá-la, lentamente, lentamente...*

Ficou escutando os passos enérgicos soarem na madeira até sumirem no fim do corredor. Tornou a ouvir a chuva.

5

Na véspera da batalha onde foi ferido, às margens da lagoa Tuyuty, lembra de ter dito para Osório:

— Vender prisioneiros como escravos é uma indignidade. Mas esta não é uma guerra como as outras.

Nunca vira o jovem comandante-em-chefe dos exércitos da Tríplice Aliança tão perplexo.

— Não, acho que não é — disse Osório, sombrio. E encarando Netto: — Vosmecê não pensa que eu concilio com essas atitudes, general. Ou pensa?

— Naturalmente que não.

Ficaram olhando a água escura, iluminada por uma lua macilenta, encoberta por nuvens. Pela margem caminhava uma fila de prisioneiros. Estavam amarrados uns aos outros por cordas feitas de cipós, arrastavam os pés e tremiam de frio. Do bosque de jataís se despregava uma neblina branca.

— Sei que vosmecê não pode fiscalizar tudo que acontece no âmbito de três exércitos, general. Três comandos diferentes, três propostas diferentes.

— Quatro, general Netto.

— Quatro?

— O seu exército é o quarto. A Brigada Ligeira.

Netto enfiou a mão no interior da capa e apanhou um palheiro enrolado.

— Muito tempo atrás, muitos anos atrás, numa noite que ameaçava tempestade, eu tive a ilusão de que era invencível, de que tinha o direito e a justiça do meu lado e que por isso era invencível. Isso me dava o direito de ter um exército. Hoje, isso não me alegra.

— Tenho notícias do general Canabarro — disse Osório.

Netto esperou.

— Morreu na semana passada, numa fazenda dele, acho que em Alegrete. Morreu três dias antes da Corte Marcial começar.

— Canabarro, o Tatu... Esse fugiu ao destino.

— Talvez.

— Traiu em Porongos. Agora, traiu em Touro Passo.

— Isso não sabemos.

— Não sabemos, mas acreditamos.

— Isso é ainda pior.

— O Tatu sempre fugiu ao destino. Quando nos conhecemos, éramos jovens capitães de um exército invasor.

— E eu, um jovem alferes de cavalaria.

— Nossa primeira guerra.

Sorriram e olharam para a bruma que aumentava no meio da lagoa.

— Estou cheio de esperanças amargas, meu amigo — disse Osório. — Espero que o final desta guerra traga um novo perfil para o país. Espero que a escravidão termine. Espero...

— Esperamos tantas coisas há tanto tempo.

— É verdade. E não desistimos. Por quê?

— A velha questão da consciência.

— Essa puta continua nos atormentando. Parece que no fundo gostamos de sofrer.

— *Bueno*, pelo menos, agora, estamos do mesmo lado.

A neblina se esparramava, cobrindo a lagoa quase por inteiro. Além da onipresença dos sapos, o silêncio era completo. Ouviram um leve rumor de água agitada. Netto firmou os olhos mas nada era visível. E então, pouco a pouco, do interior da neblina, foi tomando forma, lento e silencioso, longo e escuro, o perfil de uma canoa. Era conduzida por um homem coberto por uma capa negra. O homem impulsionava a canoa com uma vara comprida, seguro do rumo, sem pressa.

— Caron — disse Netto.

Osório pareceu não entender. Netto indicou a canoa com o queixo e recitou:

— *Per me si va nella cità dolente,*

Per me si va nell'eterno dolore,

Per me si va tra la perduta gente.

— Sim — disse Osório. — Eu me lembro. *Lasciate ogni speranza, voi ch'entrate.*

— Ainda tenho o volume — disse Netto. — Me serviu para aprender o italiano.

— Vosmecê teve tempo.

— As noites de inverno são compridas.

A canoa entrou num juncal ali perto e desapareceu. Netto ficou olhando para o lugar onde ela entrou, com um pressentimento ao qual não sabia dar um nome, um pressentimento com uma nuance má, frio, que o deprimiu e assustou.

Tornaram a olhar a fila de prisioneiros.

— Como está a febre? — perguntou Osório.

— Melhor. Venho tomando quinino.

— Por mim vosmecê já estaria no hospital há muito tempo.

— Não tenha cuidado. Vaso ruim...

— Convoquei uma reunião dos oficiais para esta noite. Se houver combate amanhã, vosmecê terá uma missão diferente das que vem cumprindo.

— Diferente?

— Até agora vosmecê esteve sempre na vanguarda, com a Brigada Ligeira abrindo caminho.

— Mesmo que quisesse, agora não poderia comandar uma carga. A cavalhada está estropiada e sem ração.

— Eu sei, mas devemos proteger os que nos restam. Amanhã vosmecê fica na retaguarda. Tenho a impressão de que Solano vai preparar uma surpresa. Tenho a impressão que a iniciativa vai ser dele. Ele está confiante.

— Ele está numa fortaleza. Por que iria nos atacar?

— Não tenho razões. Intuição. Só isso.

— Oigaletê!

— Intuição, meu amigo, é sempre melhor que toda essa conversa fiada sobre estratégia. Um certo general Netto me ensinou isso.

Netto deu uma risada curta, mas tornou-se subitamente alerta. Alguma coisa batia entre os juncos da margem, provocando um som estranho, que não era o dos sapos nem dos insetos.

Procuraram a causa do ruído, cautelosos. Encontraram o cadáver de um soldado paraguaio, comido pelos peixes. Estava preso entre os juncos, e a corrente que por ali passava o empurrava para a praia. As pernas do soldado, enroscadas nos juncos, o impediam de chegar à margem. Parecia que a água e os juncos estavam a brincar com o morto, empurrando-o para cá e para lá, com doçura, suavemente. As dragonas douradas flutuavam sobre a água escura.

— Era atrás dele que Caron andava — disse Netto.

— Se era, já o achou — disse Osório.

6

Pontualmente, todos os dias, às seis horas da manhã, a enfermeira Zubiaurre atravessa o corredor de madeira no seu passo enérgico, abre a porta do quarto sem bater e dá um sonoro *buenos días!* que enche de súbita alegria o quarto taciturno.

Mas a manhã demora. Os passos da enfermeira Zubiaurre não ressoam no corredor. Parece que a madrugada não vai terminar nunca...

Se fechar os olhos, se adormecer, talvez apareça Maria. Nunca sabe se isso é bom ou se apenas aumenta seu desespero. Já perdeu a conta dos dias que está nessa cama e recorda com certa confusão que ditou uma carta para a enfermeira Zubiaurre dando recomendações a Maria.

(Uma noite adormeceu na banheira: a doce mão da enfermeira Zubiaurre sobre sua pele era a mão de Maria, o ruído da chuva era maná caindo sobre seu telhado, misturado ao som de pássaros e cavalos e latidos e uma risada de criança, longe, longe...)

A carta era uma espécie de testamento, algo que sua sensibilidade deplorava, mas não tinha escolha: urgia acertar negócios, aclarar questões e deixar resolvidas pendências familiares e reivindicações de colaboradores. Na verdade, bem pouco havia para fazer nesse sentido, a não ser algumas considerações gerais e uma tomada de posição quanto a Benedito.

Para ele e todos os seus descendentes legava algumas quadras de sesmaria, vários milhares de cabeças de gado e seu nome: Netto. Talvez isso provocasse pequeno escândalo, mas Maria saberia administrá-lo, além de se divertir de algum modo com a oportunidade.

Se Topázio não tivesse morrido em Estero Bellaco, também o deixaria para Benedito. Ele tinha tratado carinhosamente o mouro, desde que nascera na coudelaria de La Glória. Benedito passava o dia todo a alisar o pêlo dourado de Topázio, a alisar a crina sedosa de Topázio. (Topázio tinha uma cabeça pequena e refinada, inesquecível e única. O focinho era pronunciadamente abaulado, as narinas excepcionalmente grandes, e os olhos! Os olhos eram afastados, enormes, luminosos. Quando corria, Topázio parecia flutuar. Seu galope era etéreo, como se não tocasse com as patas no chão, como se flutuasse.)

A carta deveria mexer com os pressentimentos de Maria, e, se o pior acontecesse, esperava que funcionasse como um escudo acrescentado ao seu orgulho.

O orgulho de Maria era parecido com o seu, mas com um brilho de refinamento que só o orgulho feminino pode tecer, e o orgulho de Maria era robusto e claro e ele a amara principalmente por aquela qualidade de orgulho que demonstrava até mesmo ao dançar uma valsa nos salões do Clube Pastoril de Paissandu.

O principal da carta dizia respeito às autoridades competentes dos países da Tríplice Aliança. Maria entenderia perfeitamente as reivindicações, e saberia transmiti-las com retidão e suficiente elegância. As reivindicações consistiam em não ter absolutamente nenhuma reivindicação. O paradoxo era uma rara leviandade que Maria cultivava, com altanaria e um senso de humor tão diáfano que bem poucos percebiam o que tinha de sarcástico.

Caso viesse a falecer em razão dos ferimentos ou da malária, nada de pensão, nada de títulos póstumos, nada de honrarias. Estava metido naquela guerra sem esperar nenhum benefício e isso deveria ficar bem claro para todos, mesmo depois de morto.

Um homem que funda uma república, um homem que *escolhe* o exílio como casa, um homem que diz olhando nos olhos do Imperador que não tira o chapéu a monarcas não deve ficar recebendo comendas e bênçãos de mandatários de países tais como Brasil, Uruguai ou Argentina, por mais que tivesse vivido nesses países, e os sofrido na carne, e os amado.

Certamente seria censurado por esse orgulho desmedido, mas se tivessem que censurá-lo por alguma coisa, que o censurassem pelo orgulho.

7

É possível que tenha adormecido, porque abriu os olhos quando ouviu a porta bater em algum lugar e deparou com o sargento Caldeira debruçado sobre ele. Por algum efeito da luz ou da febre, o sargento Caldeira pareceu-lhe transparente.

— Dormindo, general?

Desde que o jogaram nessa cama não via um rosto conhecido. Defendeu os olhos da luz da lamparina com a mão, o sargento foi perdendo a transparência, lenta e sensatamente tornou-se sólido, carnal.

Foi tomado por calorosa onda de gratidão.

— Vosmecê por aqui, sargento? Como le vai?

— Levando a vida no más, general.

— Como entrou a esta hora, sargento?

— Eu tenho o passo leve.

— É um prazer ver vosmecê por aqui, sargento. Ninguém me visita neste depósito de infelizes.

— Ninguém tem tempo para visitas. A guerra está braba, general.

— Eu sei, eu sei. Não quis me queixar. Foi só um comentário. Como está a Brigada, sargento?

— O moral está bom. Essa guerra é que não é boa.

— Não, essa guerra não é boa.

— Como está a saúde, general?

— Vai se levando, sargento.

— A febre não passa?

— Não, a febre não passa. Às vezes eu não sei mais o que é realidade ou delírio. Mas agora estou bem, sargento. Nas últimas horas passou o tremor do corpo, passou o frio. Eu dizia pra mim mesmo que tinha que dominar o tremor e o frio. Não fica bem para um homem estar aí batendo os dentes, não é mesmo, sargento?

— Não, general, não fica bem.

Ficaram calados e pensativos, Netto olhando o forro úmido, o sargento olhando as grandes mãos escuras.

— Sonhei com Tuyuty, sargento.

O sargento permaneceu silencioso.

— Não fizemos feio em Tuyuty, sargento. Fizemos?

— Não, general.

— Tínhamos que defender o curral e o defendemos.

— Essa é a verdade.

— Fincamos pé ali e não arredamos, apesar de estarmos em número inferior.

— Agüentamos o tirão, general.

— Isso me consola. É engraçado, Osório tinha razão quando achava que López ia tomar a iniciativa. Por essa ninguém esperava.

Deram sorrisos comedidos, lembraram com satisfação o tino certeiro de Osório, ficaram pensativos, ouvindo a chuva, ignorando a assombração dos mosquiteiros.

— Como está o coronel Caetano, sargento?

— O coronel Caetano está honrando a memória do pai dele, general.

— Eu acho ele muito jovem para assumir o comando.

— O general Bento Gonçalves ficaria orgulhoso do filho. Pode ficar sossegado.

— Ele é muito jovem para assumir o comando, sargento.

— Não é mais jovem do que nós quando nos metemos nesse ofício de guerrear, general.

— Pensando bem, não, não é, sargento. Eu acho que começo a ter manias de velho. Isso de se preocupar com os jovens é coisa de velho.

— O coronel Caetano não é tão jovem assim, general.

— Ele mantém nosso estandarte, sargento?

— Perfeitamente, general. Mas continuo achando estranho o estandarte do Rio Grande marchar ao lado do estandarte do Império.

— Nestas circunstâncias, está bem. O estandarte do Rio Grande nunca deve ser deixado de lado, sargento.

— O coronel Caetano nunca vai fazer isso, general.

— Eu sei. Eu tenho certeza.

Passou a mão na barba molhada de suor, lembrou o pesadelo, o sangue escorrendo no pescoço de Topázio. Não havia hipótese de comentá-lo com o sargento. Não era uma questão de hierarquia, mas de pudor.

— Notícias de casa, general?

Netto sacudiu a cabeça.

— Escassas, escassas. O correio é difícil. Eu gostaria de saber das meninas, sargento, mas o correio é demorado. Maria já me escreveu, a estância está bem, apesar da guerra, e as meninas estão com saúde. Mas as notícias demoram.

— Dizer que hoje falamos dessas coisas, general. Família, propriedades. Nunca pensei.

— Eu também nunca pensei, sargento.

Recostou-se nos travesseiros, olhou os mosquiteiros que balançavam.

— Quando penso nas meninas, tenho a sensação que arrancaram um pedaço de mim.

Viu La Glória numa tarde de sol, as duas meninas montadas em pôneis, Gaudério latindo em torno, excitado e feliz. Netto se contrai e dá um gemido. Logo, envergonhado, vira o rosto, contempla a cama ao lado, vazia.

— Sargento, vosmecê lembra do capitão de los Santos?

— Como não vou me lembrar? O capitão de los Santos era uma pessoa muito alegre.

— Aconteceu uma coisa horrível.

Atraiu o sargento Caldeira para perto.

— Amputaram as duas pernas do capitão.

O sargento endureceu na cadeira.

— Barbaridade.

Olhou para Netto. Netto olhava para o teto. O suor brilhava no rosto de Netto. Netto ficou pensando no capitão de los Santos, olhando os reflexos da água no teto. O sargento Caldeira olhava as mãos enormes.

O sargento tocou no bolso da túnica.

— Recebi uma carta, general.

Netto se animou.

— Uma carta?

— Eu vim aqui especialmente para le mostrar a carta. É do conselheiro. De Domingos de Almeida.

— Uma carta do Domingos!

— Ele sempre me escreve. O conselheiro sempre tratou bem os homens negros. Diz que está sofrendo de reumatismo. Se queixa de dores. E diz que esta é uma guerra má.

— Nós sabemos isso muito bem, sargento.

— Não é como foi a *nossa* guerra.

— Não, não é, sargento.

— O conselheiro recebeu uma carta do capitão Garibaldi.

— Oigaletê! Uma carta do corsário! Então ele ainda está vivo.

— Bem vivo e campeante. Uma carta da Itália. Parece que hoje ele é general. General ou coisa ainda maior. Mas não esqueceu da gente. Pergunta pelos companheiros da revolução de 35.

— Revolução de 35... Já passou tanto tempo assim, sargento?

— O que podemos fazer, general? Já lá vão trinta anos. Assim é a vida.

— Trinta e um anos, sargento.

Ficaram calados, o sargento olhando as mãos, Netto olhando o teto.

— O conselheiro Domingos teve a bondade de copiar trechos da carta do capitão Garibaldi, general, e pediu que se fosse possível, que eu le mostrasse.

— Leia no más.

— Escute. É dele, do capitão Garibaldi.

O sargento Caldeira empostou a voz:

— "Eu vi batalhas mais disputadas, mas nunca vi em nenhuma parte homens mais valentes nem cavaleiros mais brilhantes que os da cavalaria rio-grandense, em cujas fileiras comecei a desprezar o perigo e combater dignamente pela causa sagrada das gentes."

Netto aprovou com a cabeça.

— "Não tenho escrito semelhantes prodígios pela carência de habilitações, mas, aos meus companheiros de armas, tenho memorado, mais de uma vez, tanta bravura nos combates quanta generosidade na vitória, tanta hospitalidade quanto afago aos estrangeiros, e a emoção que minha alma, então ainda jovem, sentia na majestosa presença das vossas florestas, na formosura das vossas campinas, nos viris e cavalheirescos exercícios da vossa juventude corajosa."

— O corsário continua sedutor.

— Tem mais: "E, repassando na memória as vicissitudes de minha vida no vosso meio em seis anos de ativíssima guerra, de constante prática de ações magnânimas, como em delírio, exclamo: onde estão agora esses belicosos filhos do Continente, tão majestosamente terríveis nos combates? Onde Bento Gonçalves, Netto, Canabarro, Teixeira e tantos valorosos que não lembro? Que o Rio Grande ateste com uma modesta lápide o sítio em que descansam os seus ossos; e que vossas belíssimas patrícias cubram de flores esses santuários de vossas glórias."

— Se enganou numa coisa. Meus ossos ainda não descansaram.

— Tem mais, tem mais. O conselheiro copiou mais um trecho ainda. A carta do capitão Garibaldi é comprida. Aqui diz: "Quando penso no Rio Grande, nessa bela província, quando recordo o acolhimento com que fui recebido no grêmio de suas famílias, onde fui considerado como filho, quando me lembro de minhas campanhas entre vossos concidadãos e dos sublimes exemplos de patriotismo e abnegação que deles recebi, sinto-me verdadeiramente comovido. E este passado da minha vida se imprime na minha memória como alguma coisa de sobrenatural, de mágico, de verdadeiramente romântico!"

O sargento calou-se.

— Romântico? Mas *bá*! Éramos românticos, sargento Caldeira?

— Vosmecê me disse uma vez que tudo que tem importância na vida são fatos políticos, general.

— Eu disse isso, sargento?

— Na primeira vez que nos encontramos, general.

— Eu devia estar com o miolo mole.

— Estava era jovem, o que é quase a mesma coisa.

— Éramos jovens naquele tempo!

— Ligeiros de casco. Mas de minha parte, pra bem ou pra mal, eu acreditei no que vosmecê me disse, general.

A voz do sargento tornou-se íntima.

— Na minha pobreza, eu precisava acreditar em alguma coisa. Em qualquer coisa. Pra bem ou pra mal, passei a vida toda atrás dum fato político, general.

Netto incorporou-se, o rosto marcado.

— Vosmecê acha que eu lhe menti, sargento?

— Vosmecê nunca mentiu para mim, general.

Netto tentou apoiar-se nos cotovelos. O braço direito falhava. Desistiu, afundou no colchão mole.

— Que horas são, sargento?

— É madrugada, general.

— Como vosmecê entrou aqui, sargento?

— Tenho o passo leve.

Instantes depois, acrescentou.

— E não tenho botas, general.

Netto ficou olhando o teto onde porejava umidade. A brisa agitava os mosquiteiros. O sargento Caldeira tinha os cabelos esbranquiçados, mas a pele do rosto ainda era lisa, esticada e brilhante.

Buscou os olhos do sargento e começou a examiná-lo, a ponderar a conveniência da restabelecida intimidade, pesar a possibilidade oferecida, avaliar a situação, decidir se tinha chegado o momento de atraí-lo com a mão e, sempre olhando-o bem dentro dos olhos, em nome do passado, das vezes que cavalgaram juntos, dos sonhos que perderam juntos, sussurrar:

— Sargento Caldeira, preciso matar um homem.

Parte II

REUNIÃO NO MORRO DA FORTALEZA

Vinte e seis anos antes: Província de São Pedro do Rio Grande, margem esquerda do rio Guaíba, 8 de abril de 1840.
Quinto ano da rebelião rio-grandense contra o Império do Brasil.
Onze horas da noite.

1

Netto empurrou a canoa e saltou para dentro dela. (Agora, o vento estava a favor.) Afastaram-se da margem. As ondas batiam no casco de madeira, a canoa dava saltos na água escura. Tudo era escuro. A noite era escura. Os vultos dos quatro homens na canoa eram escuros. Netto via os vultos difusos e quietos contra a massa escura da noite e do rio. Estavam unidos pelo escuro, pelo frio e pelo medo.

Garibaldi fez um gesto. Os remos se imobilizaram.

— A patrulha — disse o canoeiro.

Uma luz brilhou, distante e fugaz.

Esperavam por ela. Sabiam que o Império fazia uma vigilância estreita no rio. Havia muitas barcaças rondando permanentemente o Guaíba nas imediações de Porto Alegre. Espicharam-se no fundo da canoa, os remos recolhidos. A luz da barcaça inimiga piscava. A canoa começou a vagar à deriva, com os quatro homens estirados no fundo dela, incômodos, os rostos encostados na madeira úmida, malhumorados, em silêncio.

Netto sentiu o rosto de Garibaldi muito próximo do seu.

— Tenho inveja do senhor, general.

Esse italiano dizia as coisas mais inconvenientes nas horas mais inconvenientes. E as dizia sussurrando, como se cada palavra contivesse uma gota de mel e devesse ser degustada lentamente. Netto sabia que ele o fitava com uma espécie híbrida de admiração, grave e irônica.

— Quantos homens no mundo tiveram o privilégio de proclamar uma república?

Garibaldi era capaz de dar a uma pausa o significado que bem entendesse, mesmo o mais ambíguo, o mais complexo. Garibaldi era mestre na sutil arte da pausa. Aquela pausa, sem dúvida, era solene, com propósitos nobres.

Netto adivinhava os olhos azuis diretamente sobre seu rosto.

— Muito poucos. *Veramente*, muito poucos. O senhor é um assinalado. Tenho inveja do senhor, general.

Não era coisa de se dizer nem de se ouvir encolhido no fundo daquela canoa, com o vento frio batendo, as ondas batendo, a barcaça do Império tão perto, com canhões, com metralha. Mas a voz do italiano era voz de marinheiro calejado, e ele a sussurrava tão dentro do vento que o som se desmanchava meio metro depois da canoa, o que impedia Netto de protestar, alegando a barcaça inimiga.

— Eu conheci alguns generais na minha terra e em outras terras também. Conheci generais italianos e generais franceses. Conheci os generais dos mouros. Nenhum deles proclamou uma república.

A pausa. Netto cada vez mais aflito.

— Nenhum deles proclamou uma república. Nenhum.

O silêncio dos outros vultos. Imagina o sarcasmo brotando no peito de Teixeira. (O vulto do capitão Teixeira é o mais imóvel e mais calado, o mais escuro, o mais enigmático.)

— E, no entanto, como eram orgulhosos aqueles generais. Como eram vaidosos. Um general francês, um general italiano, um general mouro iria empurrar uma canoa com três companheiros dentro? *Dio!* Entrariam primeiro, sentariam no melhor lugar e que um subordinado molhasse os pés na água fria.

— Senhor Garibaldi, vá à puta que o pariu, se me faz favor.

— *Bene, bene...*

Está sorrindo, o pirata italiano, está feliz, o irritou, o tirou do sério. Sempre encontra palhaços pela frente, sempre tem algum tipo espirituoso falando de sua façanha, do grande gesto, da Proclamação.

— Eu precisava dizer isto, general. É sincero. Eu tenho um sonho, general. Um sonho.

Teixeira se mexe, inquieto. É um aviso. O menor gesto de Teixeira é um aviso. A barcaça do Império está a uns cem metros. Serão vistos a qualquer momento. E serão presos. Ou despedaçados por um canhonaço. A missão que os leva a atravessar o Guaíba não será cumprida. O Grande Plano de Bento Gonçalves — aproximar-se por trás do exército imperial e cair sobre ele de surpresa — fracassará.

Mas a noite é sem lua, a escuridão completa, as ondas não criam reflexos, o vento abafa qualquer ruído. Netto se concentra nas águas em seu entorno. São profundas, frias, escuras. A canoa sobre as águas é como um inseto no lombo de um jaguar. Com sorte sobreviverá. Precisam de sorte. Precisam da proteção de algum deus das águas.

— Está se afastando.

Todos viram que a barcaça começara a se afastar, porque todos tinham os olhos pregados nela, mas somente Garibaldi era capaz de anunciar o que todos viam com a espontaneidade de quem conta uma notícia surpreendente. Netto percebeu que começava a se irritar.

— *Calma, índio velho* — aconselhou a voz bonachona dentro dele.

Recomeçaram a remar.

— Eu tenho um sonho, general.

Garibaldi agora está tão próximo que Netto sente seu hálito, está tão próximo que Netto acredita que o outro é sincero e deseja lhe fazer uma confidência verdadeira.

A mão do italiano toca no seu joelho, Netto se retesa. (*Calma, índio velho.*)

— Na verdade, são dois sonhos. *Primo*, unir minha pátria dividida. *Secondo*, com minha pátria já unida, proclamar a república.

Pausa melancólica.

— Quando não tinha onde morar, quando não tinha o que fazer, quando em fuga não tinha sequer companheiros, eu pensava que era louco e que sonhava coisas impossíveis, coisas irrealizáveis, coisas que se sonha apenas pelo prazer de sonhar e pelo consolo de sonhar.

Pausa sonhadora.

— Aqui, nestas terras, eu aprendi que se pode realizar qualquer sonho, general. Mesmo o mais louco, mesmo o mais disparatado, mesmo o aparentemente mais impossível.

Garibaldi por fim se cala. Netto olha a água. A canoa avança, as ondas batem nela. O remador parece uma sombra. Teixeira parece uma pedra.

2

— Aqui nos despedimos, senhor Garibaldi.

Trocaram um abraço rápido, Garibaldi voltou para a canoa com o barqueiro, Netto e Teixeira afastaram-se rente às barrancas do rio, meio abaixados, protegendo-se do vento. Olharam a canoa avançar para o meio do rio e depois galgaram a barranca e observaram cautelosos os campos verdes e planos que se estendiam na sua frente, tomados pela luz do amanhecer.

— Precisamos de cavalos — disse Teixeira.

Meia hora depois aproximavam-se de uma fazendola, defendida por dois guaipecas exasperados. Havia um potreiro com vários cavalos. Saía uma fumaça branca da chaminé.

A porta abriu-se e uma mulher jovem apareceu empunhando uma carabina.

— Fiquem onde estão.

Os dois homens ergueram as mãos.

— Somos gente de paz — disse Netto.

— Nos perdemos de nossos companheiros, senhora — disse Teixeira. — Tudo que queremos é comprar alguns cavalos para seguir viagem.

— Perderam-se de quem?

— Estamos em viagem para Porto Alegre. Nos perdemos durante a noite. Tudo o que queremos é um par de cavalos, senhora. Pagaremos bem. Temos dinheiro.

— Perderam-se de quem?

— Estamos vindo de Bagé. Queremos ir até Porto Alegre comprar uma tropilha.

— Republicanos ou caramurus?

— Somos rio-grandenses, minha senhora — disse Netto.

— Existem vários tipos de rio-grandenses, e muitos deles não valem o que comem.

— Somos republicanos — disse Teixeira. — E não nos importa sua grei, minha senhora. Não lutamos contra mulheres. Estamos num apuro. Precisamos de cavalos para buscar nossos companheiros. Pagaremos bem.

— O exército republicano está longe.

— Sabemos que está longe, minha senhora. Somos oficiais republicanos numa missão difícil. Atravessamos o rio e acostamos longe do ponto que pretendíamos. Tudo que queremos são dois cavalos. Partiremos imediatamente.

— Não tenho cavalos.

Quando ela disse isso, os três olharam ao mesmo tempo para o potreiro.

— São pontos de vista, minha senhora.

— Preciso dos cavalos para o trabalho na estância.

— Acredito na senhora — disse Netto — mas não vejo peões que necessitem de tantos cavalos. A senhora tem uma propriedade bonita, mas parece que os homens estão longe. Dois cavalos não lhe farão falta. A senhora não terá prejuízo. Pagaremos bem.

Agora estavam num impasse e ela sabia. Mas estava resoluta e não mostrou a menor indecisão.

— Vou começar a contar até três. Quando eu disser três, quero ver vosmecês do outro lado da porteira, e quero ver ela bem fechada.

Netto e Teixeira se olharam.

— Podemos provar que somos republicanos — disse Teixeira. — Se a senhora for republicana, estará ajudando seu marido ou seu pai ou seus irmãos que estão na guerra. Eles aprovariam esse gesto. Se a senhora for de outro partido, iremos embora. Nossa luta é pela civilização, minha senhora. Por um mundo melhor.

A máscara de firmeza dela mostrou uma tênue fissura. Nesse momento, do lado direito da casa, surgiu outra mulher, empunhando outra carabina. Era velha, enrugada, levemente corcunda, mas se apoiava firme no chão, com as pernas abertas. A mulher jovem retomou a firmeza.

— Um.

Netto tocou no chapéu.

— Passar bem, minhas senhoras. Tenham um bom dia. Dentro de três dias, talvez eu tenha oportunidade de entregar uma mensagem para um parente de vosmecês, dizer que passei por aqui e que tudo estava bem. Infelizmente...

— Como se chama vosmecê? — perguntou a velha.

Teixeira adiantou-se.

— Eu sou o capitão Teixeira Nunes, do 1º Corpo de Lanceiros. O nome de meu companheiro deve ficar protegido por razões militares. Mas eu posso dar todas as informações a meu respeito e mostrar os documentos que provam minha identidade.

— Vosmecê é dos Teixeira de Piratini? — tornou a velha.

— Precisamente, minha senhora. E com muita honra.

As duas mulheres não se olharam, mas imperceptivelmente afrouxaram a guarda.

— E vossa família, como se chama, se me permite a pergunta? — disse Teixeira.

— Guimarães — disse a velha.

— Guimarães — repetiu Teixeira. — Não será por acaso parente dos Guimarães que estão servindo no 2º Corpo de Cavalaria, sob as ordens do coronel Onofre Pires? Capitão Luís Guimarães e seu irmão, o tenente Antoninho?

— São meus filhos — disse a velha. — O Luís é o mais velho, casado aqui com minha nora, Maria Luísa.

— Então somos todos republicanos — disse Netto.

Ficaram calados, tentando se acostumar com a nova situação. Agora podiam ouvir a brisa do outono nas copas dos cinamomos que cercavam o pátio.

Pelo lado esquerdo da casa surgiu a ponta de uma carabina. Atrás dela apareceu um negrinho de quinze anos, apontando a arma para os dois homens com imensa cautela, os grandes olhos arregalados.

A velha riu, a mulher riu, os dois homens riram. O negrinho ficou sério.

— É Milonga — disse a mulher jovem.

Netto tocou na aba do chapéu, saudando o negrinho.

— Vejo que as senhoras estão bem protegidas. Nestes tempos de guerra, é importante estar atento. O rapaz sabe usar o instrumento que tem nas mãos?

— Mostra pra o moço, Milonga — disse a velha.

Milonga deu alguns passos na direção de Netto e de Teixeira. Era extremamente magro, e de um preto veludoso, elástico. Apontou um crânio de boi pendurado num moirão do potreiro, a uns trinta metros. Ergueu a arma, apoiou-a ao ombro e atirou. Uma lasca saltou da guampa direita do crânio. Fez pequena correção e novo disparo. Outra lasca saltou da guampa esquerda.

— Oigaletê índio bom! — exclamou Netto, com absoluta sinceridade.

Teixeira bateu palmas acompanhadas dum largo sorriso.

— As senhoras estão realmente bem protegidas com nosso amigo Milonga. Parabéns.

— Vosmecês aceitam um amargo? — perguntou a velha. — Enquanto isso, podemos ir falando sobre os cavalos.

3

O trote era tranqüilo, porque precisavam poupar os cavalos. Perto do meio-dia, resolveram parar à sombra de uma figueira. Assim davam descanso para as montarias, podiam esticar as pernas e comer o pirão com charque.

Teixeira indicou para um ponto no horizonte.

— Vem alguém.

Netto assestou o binóculo. Resmungou e passou-o para Teixeira.

— Ora, ora...

Quando Milonga estava bem próximo, o charque já esquentava na pequena panela de Teixeira. Milonga montava um tordilho novo, arisco. Um violão batia na anca do animal.

— A que devemos essa honra? — disse Netto.

Milonga pareceu meio atrapalhado.

— Aconteceu alguma coisa na estância? — perguntou Teixeira.

— Não, senhor, não aconteceu nada.

Ainda era voz infantil, suavemente grave. Milonga baixou os olhos.

— Dona Maria Luísa mandou eu acompanhar os senhores, para o causo de se perderem.

— Diga a dona Maria Luísa que não tenha cuidado. Que nós agradecemos muito, mas que somos vaqueanos destas paragens. Por aqui a gente não se perde.

— Eu conheço os atalhos como ninguém, capitão Teixeira.

— Não duvido, meu amigo. Apeie no más. A comida é pouca mas dá para todos.

Milonga desmontou.

— Le agradeço, mas trouxe minha comida.

Os três sentaram-se e começaram a comer. O sol do mês de abril tornava as coxilhas douradas. O profundo silêncio era interrompido por grito distante de quero-quero ou de gavião espreitando a presa do alto.

— Bonita guitarra, amigo Milonga — disse Netto.

Milonga sorriu, mas continuou a comer calado.

— Quando terminarmos de comer — continuou Netto — o amigo vai montar nesse tordilho e voltar para a estância. As senhoras da casa devem estar preocupadas. O amigo não me leve a mal, mas acho difícil que dona Maria Luísa tenha le mandado para nos fazer companhia.

Milonga continuou de cabeça baixa.

— O que me diz disso, amigo Milonga? Estou enganado?

Milonga sacudiu a cabeça tristemente.

— Não, senhor.

— Então o que faz por aqui, Milonga?

— Eu saí fugido lá da estância.

Olhou para Teixeira.

— Quero entrar para o Corpo de Lanceiros, capitão.

O 1º Corpo de Lanceiros era um batalhão de cavalaria composto unicamente por negros. Era idéia de Netto e criação dos mais influentes oficiais abolicionistas. Teixeira Nunes tinha sido o primeiro instrutor do Corpo.

— Vosmecê me parece muito jovem para ser soldado, Milonga. Em tua casa vão ficar preocupados.

— Eu não tenho casa, capitão.

— Tua família não mora lá na estância?

— Minha mãe mora.

— Ela vai ficar preocupada. As senhoras da casa vão ficar preocupadas.

Milonga ficou de cabeça baixa.

— Tu tens muito tempo para virar soldado e ir para a guerra, Milonga. Aproveita enquanto podes ficar em casa.

— Eu não tenho casa, capitão.

— Tu não és bem tratado na estância, Milonga?

— Sou sim senhor, capitão.

— Então, Milonga.

Milonga continuou de cabeça baixa.

— Lá eu sou um escravo, capitão.

Teixeira se mexeu com desconforto.

— Tu és muito jovem para ser soldado, Milonga.

— Não para ser escravo, capitão.

Netto e Teixeira se entreolharam.

— Milonga — disse Teixeira com ar amistoso —, nós estamos fazendo esta guerra porque queremos acabar não só com a escravidão, que é um mal e uma vergonha, mas com muitas outras espécies de maldade e de vergonha que existem. Quando tu for maior, serás bem-vindo ao Corpo, mas agora, o melhor para ti e para tua mãe é voltares para a fazenda e ajudares as pessoas que moram lá. Elas precisam de ti. Se tu fizer isso por tua própria vontade, tu te sentirás livre.

Netto apertou o braço de Milonga com certa camaradagem truculenta. Surpreendeu-se com o quanto era delgado e rijo.

— Anda, monta nesse cavalo e volta para a estância. Quando esta guerra acabar, tu vais ser um homem livre, Milonga.

Milonga concordou com a cabeça, gravemente.

— Vosmecê é o general Netto, o Proclamador.

Netto olhou para Teixeira com a expressão de e-esta-agora!

— Homens negros, à roda do fogo, falam no general Netto e no Gavião. — Milonga encarou Teixeira com fervor. — Dizem que os dois andam juntos e lutam juntos e querem a liberdade para os homens negros.

— Milonga...

— Todo homem negro que eu conheço quer lutar ao lado do general Netto e do Gavião. Lá na estância, quando o capitão disse que o nome dele era Teixeira, eu adivinhei que ele era o Gavião e vosmecê era o General dos Escravos.

Milonga persignou-se.

— Vosmecês atravessaram meu caminho pela vontade de Nosso Senhor Jesus Cristo.

Netto levantou-se com o prato na mão.

— Muito bem, Milonga. Mas tu vais ouvir o conselho do capitão Teixeira. Vais voltar para a estância, vais cuidar da tua mãe, vais cuidar das tuas obrigações. E vais esquecer que me viste andando por estas bandas. Entendido?

Milonga concordou com a cabeça.

— O capitão e eu temos uma missão. E temos que seguir sós.

O rosto de Milonga tornou-se grave.

— O general não pode dizer o nome porque anda numa missão contra os inimigos dos homens negros. Ninguém vai saber o nome do general. O nome do general vai ficar guardado aqui dentro — e Milonga tocou o coração.

4

No segundo dia da jornada, uma hora depois de reiniciarem a marcha, com o sol criando uma tira vermelha no horizonte, o cavalo de Teixeira enfiou a pata num buraco de tatu e quebrou a perna. O tiro que matou o animal espantou o bando de biguás que flanava nas águas do arroio ali perto, escondido pela vegetação.

— *Mala suerte* — disse Netto. — Ao meio-dia chegaríamos no acampamento.

Olharam para os lados, com esse vago sentimento de esperança que as pessoas têm quando ocorre uma catástrofe. Teixeira foi o primeiro a ver os homens saindo de entre as árvores do capão, povoado pelo vôo circular dos biguás. Eram cinco, estavam a pouco mais de cem metros, e caminhavam em direção a eles, aparentemente sem pressa.

— Charruas — disse Netto.

Quando estavam a uns vinte metros, os cinco charruas afastaram-se uns dos outros, criando um semicírculo em torno de Netto e Teixeira.

Carregavam boleadeiras e lanças. Um deles vestia um dólmã do exército imperial, com divisas de cabo. Trazia um revólver enfiado no cinturão. Apontou para a montaria de Netto.

— O cabajo, don — disse, e fez um gesto com a mão, como para enviarem o animal na direção dele.

— Eu sabia — gemeu Teixeira —, desgraça nunca vem só.

— Vamos ter que lutar com esses bugres. O rifle.

Teixeira apanhou o rifle e o engatilhou.

— O cabajo — tornou o cabo.

Tinha cabelos negros e compridos que escapavam do chapéu e chegavam aos ombros.

— Precisamos do cavalo — disse Netto.

— O cabajo é para um ato de caridá, don. Temos um hombre mal ferido.

— Sentimos muito, mas também temos problemas.

— Dexe o cabajo no más e se vaja em paz.

— Nuestro Senhor Jesus le há de recompensar, don — disse outro, e persignou-se.

Teixeira escorou o rifle no ombro.

— Comecem a se afastar ou vai chumbo.

— Estamos bem armados — disse Netto. — Acho melhor cada um seguir seu rumo na boa paz.

O charrua com divisas de cabo sorriu e olhou para os outros.

— Somos de paz. Solo queremos o cabajo.

— Es para um ato de caridá, don — tornou a dizer o da boleadeira.

Logo, num gesto tranqüilo, começou a rebolear com ela acima da cabeça. A velocidade do movimento foi aumentando e pouco a pouco começou a provocar um som exasperante.

Os outros quatro começaram a se mover, ameaçadores e esquivos. O cabo, no centro, pousou a mão na culatra do revólver.

O charrua na sua direita empunhava uma lança, com uma bandeirola vermelha. O charrua na sua esquerda tinha um sabre quebrado, mas afiado e brilhante.

Na extrema direita do grupo, um charrua completamente nu, com um colar de presas ao pescoço, também empunhava uma lança. Na outra extrema, o da boleadeira. Este aumentava o movimento circular do instrumento acima de sua cabeça.

Afastaram-se uns dos outros, aumentando o círculo, tornando mais difícil a fuga. Netto e Teixeira ficaram de costas, um defendendo a retaguarda do outro.

Netto engatilhou a pistola com a mão direita e empunhou o sabre com a esquerda.

— A situação é desesperada — murmurou. — Vamos jogar tudo. Não há arreglo.

— Vou atirar — disse Teixeira.

— Espera. Fica de olho no cabo. Ele tem a pistola.

Mas foi o da boleadeira quem desencadeou os acontecimentos dos quarenta segundos que se seguiram.

Do primeiro ao oitavo segundo, as três pedras voaram na direção de Teixeira, que apertou o gatilho do rifle. Atingido no tórax, o charrua caiu com um grito. Teixeira caiu maneado nas tiras de couro e nas pedras.

Netto e o cabo atiraram instantaneamente um contra o outro. O chapéu de Netto voou arrancado pela bala. O cabo deu um salto para um lado, foi atingido de raspão no antebraço, se desequilibrou.

Os dois charruas com lança avançaram três passos na expectativa de ver o que ia acontecer. O que tinha o sabre quebrado avançou contra Teixeira. Ergueu o sabre acima da cabeça.

Do nono ao décimo sexto segundo, Teixeira esperneou no chão tentando livrar-se das tiras e das pedras. O vulto do charrua com o sabre criou uma sombra na sua frente. Teixeira apertou o gatilho e o atingiu à queima-roupa. O charrua caiu sobre ele, estrebuchando. Teixeira ficou lambuzado em sangue e vísceras.

Netto atirou outra vez contra o cabo, que continuou rolando no chão. O cabo também atirou: a bala raspou a coxa de Netto, cortando a calça e fazendo o sangue jorrar na perna. A bala de Netto raspou a cabeça do cabo e arrancou seu chapéu.

O charrua nu sentiu a oportunidade: levantou o braço para arremessar a lança contra Netto, desprevenido.

O charrua da direita empunhou a lança de bandeirola vermelha com as duas mãos e arremeteu contra Teixeira, maneado e tentando tirar de cima o corpo do charrua do sabre quebrado.

Do décimo sétimo ao vigésimo quinto segundo, o charrua nu, no instante em que ia arremessar a lança contra Netto, contorceu-se violentamente, atravessado por uma bala no pescoço. A bala fez saltar em pedaços o colar de presas. Arremessou a lança, mas ela saiu torta. Antes de cair morto, olhou indagadoramente para o cavaleiro que vinha a toda brida em direção a eles, curvado sobre o pescoço da montaria, atirando com um rifle de repetição.

Netto disparou outra vez contra o cabo que ainda rolava no chão. O cabo respondeu ao fogo, mas sem direção.

Teixeira, com desespero, empurrou o corpo morto de cima de si e desviou a carga da lança de bandeirola vermelha com o cano do rifle. O charrua voou por cima dos dois corpos e caiu mais adiante. Tornou a erguer-se, empunhou a lança e voltou ao ataque. Teixeira não tinha balas e não conseguia levantar-se.

Do vigésimo sexto ao trigésimo quarto segundo, o charrua com a lança de bandeirola vermelha deu um grito agudo, abriu os braços e caiu morto, atravessado no peito por uma bala. A bala foi desferida pelo cavaleiro que galopava agora em diagonal a onde estavam.

Teixeira, comendo pó, viu o cavaleiro erguido nos estribos, empunhando o rifle com as duas mãos, manejando o cavalo com toques dos joelhos. Viu-o virar o rifle para o cabo que agora começava a correr, perseguido por Netto, que mancava.

O cavaleiro atirou, o cabo charrua caiu. Netto, perplexo, voltou-se para ver o cavaleiro continuar a toda velocidade, saltar sobre o corpo do cabo, fazer uma curva, voltar, abaixar-se sem diminuir o galope e levantar seu chapéu enfiando um dedo no furo da bala.

Do trigésimo quinto ao quadragésimo segundo, ofegantes, pálidos, molhados de suor, espantados e doloridos, Netto e Teixeira viram Milonga dar uma volta triunfante em torno deles, uma mão erguendo bem alto o rifle, a outra o chapéu de Netto, e depois aproximar-se a trote, com o enorme sorriso infantil no rosto, o violão batendo na anca do tordilho.

5

Netto entrou no acampamento perto do meio-dia, com Milonga na garupa. Teixeira marchava um pouco atrás, respondendo às saudações com toques na aba do chapéu. Aquele era um dos maiores contingentes do exército farroupilha, mais de dois mil homens acampados na margem direita do rio Taquari, e os olhos de Milonga se arregalavam.

O Corpo de Lanceiros, quando percebeu que os dois cavaleiros que apontaram no horizonte eram Netto e Teixeira, formou duas alas por onde eles passaram.

Cada soldado batia com a lança no peito, compassadamente, formando um som imponente, que desconcertou Milonga e criou uma espécie de emoção incontrolável, áspera e viril, que ele desconhecia e que o dominou e o obrigou a fazer força para evitar as lágrimas.

Milonga adivinhou que aquele negro alto e forte que apanhou as rédeas do cavalo de Netto era o lendário sargento Caldeira.

O sargento olhou com curiosidade irônica para Milonga.

— Este cavalheiro é um voluntário, sargento Caldeira. Vosmecê toma conta dele.

Há muito tempo Netto e Teixeira não encontravam o 1º Corpo de Lanceiros. Além dos Lanceiros, ali estavam os veteranos da batalha do Seival — após a qual Netto proclamou a República — que cercaram os recém-chegados e aplaudiam com gritos e vivas. Parecia haver uma alegre disputa entre as duas corporações para ver quem os saudava com mais intensidade.

O sargento Caldeira ergueu os braços musculosos, apanhou Milonga como se fosse uma pluma e depositou-o no chão.

Milonga sentiu-se engolido pelo tropel de negros que cercavam a montaria do general, que queriam tocá-lo, que riam e começavam a batucar em longos tambores de couro. A festa se espalhou pelo acampamento.

Netto abraçou demoradamente o coronel Joaquim Pedro Soares, no comando do exército acampado, veterano da campanha da Cisplatina e primeiro comandante do Corpo de Lanceiros.

Os oficiais se reuniram em torno da carne assando nas brasas. Netto tomou a palavra.

— O general Bento Gonçalves, presidente da nossa República, está marchando em direção ao morro da Fortaleza, com três mil homens. Deve chegar lá dentro de três dias. Devemos mandar estafetas a todas as brigadas e piquetes espalhados na região, convocando-os para que se unam a nós. Vamos reunir o máximo de força que pudermos e depois também vamos marchar para o morro da Fortaleza. No mais tardar, partiremos para lá em dois dias. Juntando nossas forças com a do general Bento Gonçalves, somaremos mais de seis mil soldados, o maior exército já formado por homens livres no Continente de São Pedro.

Milonga aproximou-se de mansinho e acocorou-se atrás de Teixeira. Seguia a fala de Netto com atenção.

— Acampado junto ao morro, está o comandante de Armas do Império, Dom Manoel Jorge, O Velho, com um exército de sete mil homens. Eles têm artilharia e infantaria, coisa que nós não temos. Mas o plano do general Bento Gonçalves é chegar por trás do morro e cair de surpresa sobre O Velho. Vencendo essa batalha, a República estará consolidada para sempre.

Alguns oficiais bateram palmas. Os rostos estavam alegres e confiantes. Netto ergueu a mão.

— A coisa não vai ser fácil. Bento Gonçalves precisa atravessar o rio Caí para então marchar até o Taquari. No Caí tem uma força imperial bem armada. Ele terá dificuldade para atravessar o rio. Se demorar muito, a surpresa estará comprometida.

No meio da tarde seguinte começaram a chegar as primeiras forças espalhadas na região, e Netto foi percebendo o alcance da operação que estavam montando. Eram centenas de homens bem armados que se aproximavam de todos os quadrantes.

O dia transcorreu com uma angústia velada, à espera de mensageiros de Bento Gonçalves, mas ninguém apareceu. Foi noite alta, quando os fogos estavam apagando, que o ginete irrompeu no acampamento, alvoroçando as sentinelas.

— O general Bento Gonçalves rompeu a defesa do rio Caí e marcha para o morro da Fortaleza!

6

De madrugada, o exército acampado se mobilizou para marchar ao encontro de Bento Gonçalves. Cada soldado tinha três cavalos de reserva. Havia dezenas de carretas com mantimentos, onde iam mulheres e crianças, e mais dezenas de carroções com munição e remédios.

À frente, cercado por estandartes e bandeiras, estava Netto com os oficiais. O coronel Joaquim Pedro ergueu o braço. Um clarim soou, e à luz dourada do sol que surgia na linha do horizonte, o exército começou a se mover.

Milonga nunca tinha visto nada tão bonito em toda a sua vida. Marchava junto com o 1º Corpo de Lanceiros, orgulhoso, olhando com respeitosa inveja os uniformes vistosos dos soldados, antecipando o prazer de vestir a blusa vermelha com dragonas douradas, as calças azul-marinho com a lista preta, os chapéus negros, de copa alta e aba estreita, elegantes e severos. (Garibaldi adotaria aquele uniforme para suas brigadas na Itália.)

No meio da manhã, Netto e Teixeira passaram a trote perto do sargento Caldeira. Milonga vinha um pouco atrás do sargento. Netto apontou para Milonga.

— Como está se comportando o recruta?

— Por enquanto vai bem — disse o sargento. — Quero ver quando começar a ordem-unida. E os exercícios com tiro.

Netto e Teixeira se entreolharam.

— Manda ele caprichar na pontaria. Esse negrinho tem um olho meio torto — disse Netto.

Teixeira deu uma gargalhada. Milonga fez continência, sério, escondendo o orgulho.

Acamparam ao anoitecer, quando apareceu novo mensageiro de Bento Gonçalves.

— O general já chegou no morro da Fortaleza e manda dizer que O Velho não se apercebeu ainda de sua presença.

— Vamos acelerar a marcha — disse Netto.

Retomaram o caminho de madrugada, e chegaram ao acampamento de Bento Gonçalves às quatro da tarde. Os dois exércitos se saudaram com vivas, tiros para o ar, chapéus voando e abraços e risadas. Um ruído colossal de seis mil vozes, que assustou os animais da região e espantou os pássaros em vôos enlouquecidos. Os jacarés que dormitavam na beira do Taquari deslizaram para a água, temerosos com aquele estrondo.

Bento Gonçalves avançou entre os soldados, cercado pelos generais João Antônio e Davi Canabarro e apertou a mão de Netto.

— Ali estão os quatro generais da República — disse o sargento Caldeira para um Milonga de olhos arregalados.

— Esta carreira eu ganhei — disse Bento Gonçalves.

— Eu sou bom é em cancha reta — respondeu Netto.

Deram risadas, trocaram sonoros tapas nas costas e nos antebraços, falaram ao mesmo tempo em churrasco, chimarrão, armas e munições. Estavam confiantes, felizes e os soldados sentiam isso.

Ao crepúsculo, Netto e Bento Gonçalves galgaram uma grande pedra e olharam o acampamento, com os fogos acesos. A fumaça subia para as estrelas e o cheiro de carne assada se espalhava, doce e suculento.

— Este é o maior exército que a República já reuniu — disse Bento Gonçalves.

— E amanhã, se tudo der certo, será o maior dia da República.

Quando anoiteceu, houve cantos e risadas em torno às fogueiras. Milonga estava com a guitarra na mão e insistiram para que cantasse. A princípio, ficou envergonhado, mas tanto insistiram que começou a dedilhar o instrumento, e depois se pôs a entoar uma canção triste, sem palavras. Pouco a pouco foi se fazendo silêncio a seu redor, sua voz foi crescendo, infantil e grave, limpa e sofrida, turva mas transparente e os rostos dos guerreiros negros em torno ao fogo ficaram sérios e pensativos. Quando Milonga se calou o silêncio permaneceu alguns segundos suspenso no ar, e então todos aplaudiram e riram e deram tapas nas costas de Milonga.

Alguém gritou:

— Agora toca uma coisa alegre, negrinho!

E deram risadas, e o tumulto de vozes aumentou e uma sanfona se impôs.

Milonga permaneceu quieto, reconhecendo uma coisa nova por dentro, ainda sem nome, sorrindo para ela, consolado e protegido, quando adivinhou o sargento Caldeira atrás de si. Voltou-se.

O sargento tinha nas mãos o uniforme do 1º Corpo de Lanceiros, cuidadosamente dobrado.

— É teu, soldado.

Milonga ficou um instante desconcertado. Depois, estendeu as mãos deslumbradas.

PARTE III

DORSAL DAS ENCANTADAS

Quatro anos antes: campos do Seival, arredores de Bagé, Província de São Pedro do Rio Grande, 11 de setembro de 1836.
Primeiro ano da rebelião rio-grandense contra o Império do Brasil.
Nove horas da noite.

1

Netto fechou a porta de lona da barraca e deixou o horror lá fora. Sabia que isso era artificial, que não podia durar, que as forças infernais que tinha desencadeado possuíam autonomia e lógica próprias, mas estava aperfeiçoando uma maneira de estirar esse momento de trégua até o limite da resistência, e o principal artifício era esvaziar a mente de pensamentos.

Sentou-se na banqueta com um peculiar sentimento de prazer ao perceber que não estava pensando em nada, gozando esse instante com lucidez amarga, procurando alongá-lo o mais que sua vontade pudesse, sabendo que em breve se desvaneceria e mergulharia outra vez no abismo de gemidos e preces e urros e súbitas dores que são a rotina sombria que se instala no fim dos combates.

Abaixou-se para tirar a bota, a dor cravou sua garra entre as costelas. Foi quando viu a gota de sangue na palma da mão. Tinha deslizado ao longo do braço, silenciosa, morna, seguindo criteriosa e paciente todas as curvas e todas as saliências até desaguar na palma branca da mão.

Ficou olhando a gota escura, refletindo sobre a garra cravada em suas costelas, vislumbrando o homem sem cabeça, sabendo que a trégua tinha terminado e os ecos do fragor invadiriam a barraca. Essa gota de sangue na sua mão podia ser um furo de bala ou faca ou lança. Tinha sido um tiro de boleadeira e era bem provável que tivesse quebrado alguma costela. Não teve consciência do fato mas desistiu de descalçar as botas e começou a desabotoar o dólmã, quando a garra da dor apertou um pouco mais seus tentáculos e tornou a ver no meio da poeira o homem sem cabeça.

Tinha visto o homem quando caiu do cavalo e foi obrigado a combater a pé (até que o sargento Caldeira apareceu com outra montaria) mas quando viu o homem sem cabeça à sua direita também percebeu o homem que agarrava o toco de braço e berrava enlouquecido. Na sua frente, outro homem agarrava as tripas que resvalavam para fora do corpo como larvas ou qualquer coisa pegajosa e deu um encontrão num homem que tinha uma lança cravada na testa, bem entre os olhos, e que também gritava.

Tinham razão os gaúchos em menosprezar a infantaria. Combater a pé era extremamente deselegante. Cresceu nele enorme tributo de gratidão ao sargento Caldeira por surgir no meio daquele redemoinho puxando um cavalo para ele montar, e olhando a gota de sangue aumentar na palma da mão lembrou Ricardo III oferecer seu reino por um cavalo.

Sempre achara aquela frase um tanto patética, roçando o ridículo, mas claro que Shakespeare sabia o que fazia ao colocar tais palavras na boca do Corcunda. O homem que tivera o braço decepado talvez gritasse qualquer coisa semelhante, mas imediatamente foi atravessado por uma lança e teve de calar-se e então Netto percebeu que havia algo mórbido e perverso naquela matança desenfreada e era o singular detalhe de que todos usavam o mesmo uniforme e lutavam sob a mesma bandeira.

Evidentemente já tinha pensado nisso, Lucas já tinha falado nisso até a exaustão (Lucas falava sempre até a exaustão) mas a lógica cruel das batalhas ficava estranhamente desqualificada quando se enfrentavam dois exércitos empunhando os mesmos estandartes. Parecia que o combate era uma farsa monstruosa e a matança um capricho. Percebeu agora que não descalçara as botas nem desabotoara o dólmã e que estava sentado na banqueta em sua tenda, só, dolorido, dominado por um turbilhão de pensamentos que não podia controlar, quando uma cabeça apareceu na porta de lona, sobressaltando-o.

2

— Com licença.

— Entra, Joaquim.

Joaquim Pedro Soares também era coronel e também tinha trinta e dois anos, e também tinha no rosto a mesma palidez mortal de quem participara do mesmo festim.

— O que é isso na tua mão?

— Sangue.

— Sangue? Vosmecê foi ferido?

— Não. Não sei. Acho que não.

— Sente dor?

— Não. Quer dizer, sim. Mas foi um golpe de boleadeira. Doem as costelas.

— E esse sangue?

— Sangue?

— Esse sangue na mão.

— Ah. Não sei.

— Como não sabe?

— Não consigo tirar o dólmã.

— Deixa eu te ajudar.

Netto fez uma careta de dor quando Joaquim começou a desabotoar o dólmã, mas fechou os olhos e agüentou.

— Cento e oitenta — disse Joaquim.

— O quê?

— Contaram cento e oitenta até agora. Quarenta e cinco são nossos.

— Oficiais?

— Marcelino.

— Eu vi.

— Lança do Pedro Canga.

— Primo dele.

— O Pedro também morreu.

— Eu vi. Cento e oitenta?

— Até agora. Isto está feio. Acho que quebrou alguma coisa. Cento e oitenta, até agora. Uma mancha roxa. Vou chamar o doutor Duarte.

— Não chama ninguém. Isso não é nada.

A porta da barraca se abriu, entram Teixeira e Calengo.

— Com licença.

— Que le pasa, coronel? — pergunta Calengo.

— Me acertaram com umas bolas no costilhar. Algum índio do Tavares.

— Tinha mais de cem charruas com eles.

— Isso está feio — disse Teixeira.

— Voy hacer una atadura — disse Calengo.

O uruguaio era médico prático. Rasgou em tiras um pala que estava sobre um baú e começou a enrolá-lo no tórax de Netto. Uma guampa lavrada, cheia de canha, passava de mão em mão. Acenderam-se palheiros. A fumaça perfumada de fumo cru povoou o ambiente apertado da barraca. Netto sentiu-se confortado.

A porta da barraca se abriu mais uma vez.

— Lucas!

Lucas tira o poncho e arroja-o sobre o baú.

— Já soubemos do triunfo desta manhã. As notícias voam!

3

— A palavra final é tua — disse Lucas.

— Minha?

Netto deu uma gargalhada curta, sussurrada. (Estavam falando em sussurros.)

— Não me faça rir, capitão.

— Vosmecê está no comando.

— Não posso decidir sobre esse assunto sem consultar o coronel Bento Gonçalves.

— É impossível consultar o coronel Bento Gonçalves.

— Então vamos esperar para quando seja possível.

— Então talvez seja tarde demais.

— Temos todo o tempo do mundo.

— Todo o tempo do mundo? Quem tem todo o tempo do mundo? Nosso povo? Nossas idéias?

— Esse negócio não se pode fazer assim de repente.

— Nem esperar todo o tempo do mundo.

— Precisamos dar tempo para os acontecimentos amadurecerem.

Lucas deu um imperceptível sorriso de astúcia e comiseração.

— Que frase triste, Netto! Já derrubamos o presidente desta província. Já desafiamos o imperador deste país. Já desencadeamos uma guerra.

— Desencadear uma guerra não é uma virtude, capitão.

— Não, não é. Talvez seja um dever.

— Quanta conversa já gastamos a respeito do dever e seus compromissos sanguinários?

— Talvez seja a nossa sina.

— Hoje morreu muita gente boa. Pelo dever. Ou pela sina.

— Cento e oitenta mortos, coronel Netto. Eu sei muito bem.

— Isso não o torna mais cauteloso, capitão?

Lucas vislumbrou a ironia.

— Perdi amigos queridos. E de ambos os lados. Não estou feliz.

Lucas apoiou-se no moirão da cerca. Um cavalo aproximou-se. Lucas acariciou o focinho dele.

— Os acontecimentos já estão caindo de maduros. O que mais falta? Quando começamos esta empresa, sabíamos que este momento haveria de chegar.

— E quem afirma que o momento chegou?

— Nossos camaradas afirmam.

— Não temos a palavra do Bento Gonçalves.

— Mas temos a de todos os outros. A maioria esmagadora é a favor. Nossos aliados todos são a favor. Os comerciantes, os estancieiros. Todos os oficiais são a favor. João Manoel é a favor. Domingos é a favor.

Netto olhou a lua.

— Sim. João Manoel é a favor.

Acariciou a cara do cavalo.

— Esses bichos sofreram muito. Foi uma batalha e tanto.

— Foi um golpe que eles jamais esperavam. Estão sem saber o que fazer. Estão desnorteados. É nossa obrigação aproveitar o momento.

— Isso faz me lembrar uma palavra que vosmecê gosta de empregar, capitão Lucas.

— Uma palavra?

— Duas palavras: vontade subjetiva.

— Eu emprego essas palavras?

— Em todas as nossas intermináveis reuniões.

— Não vejo nenhum sinal de vontade subjetiva no que digo. Estou falando de fatos.

— Me lembro de outra palavra.

Lucas ficou alerta.

— Voluntarismo. Palavra bonita, capitão.

— Eu estou falando em sina. Em destino. Coisas assim. Não estou falando em política. Estou falando em carne, em osso, em sangue. O destino nos colocou aqui. Onde está o coronel Bento Gonçalves? Não sabemos. Nós estamos aqui. É a sina. O destino.

— *Tentativas voluntaristas para alcançar objetivos seculares mediante a vontade subjetiva.* Eu tenho poucas leituras, mas boa memória, capitão.

— Sempre critiquei a vontade subjetiva, o voluntarismo heróico, mas estou falando de fatos, coronel.

— E de sina.

— E de sina, sim. Nos coube estar aqui hoje. Coube a vosmecê derrotar o coronel Silva Tavares. Coube a vosmecê o comando destes acontecimentos. Cabe a vosmecê seguir o curso desses acontecimentos. Não se trata de voluntarismo nem de vontade subjetiva. Trata-se de um fato. Não pode fugir a um fato.

— Não estou fugindo a nada, Lucas. Justamente estou procurando não fugir a nada. Eu já andei fugido. Não foi uma boa experiência.

Netto olhou o acampamento silencioso. A fumaça dos fogos subia para a noite estrelada. Os cavalos no curral se apertavam, cansados, ainda aturdidos com o turbilhão da manhã. Farejavam tempestade.

— Vamos atear fogo perto dum paiol com pólvora.

Lucas sentiu uma chispa de esperança.

— Já fizemos isso antes.

— Mais uma razão para não repetirmos loucuras.

— Talvez seja nosso destino.

— Chega de falar em destino. Vamos atear um incêndio e não sabemos se temos água suficiente para o apagar depois.

— Nossos camaradas estão seguros de que temos condições de assumir as responsabilidades. Eu pensei nisso profundamente, Netto. Pensei enquanto atravessava a noite vindo para cá. Pensei no momento que soube da vitória sobre o Silva Tavares. Podemos atear esse fogo.

— Lembra esse livro que vosmecê me mandou, Lucas?

— O de Swift?

— Somos uma Lilliput diante do Império. Gulliver apagou um incêndio em Lilliput mijando sobre a cidade.

— Não seremos humilhados.

— *Eu* não serei humilhado, capitão. Isso eu assino embaixo e vosmecê é testemunha.

Um relâmpago iluminou os cavalos. Olharam para o céu. Nuvens escuras se espalhavam.

— Temos uma causa, temos camaradas. Somos fortes — disse Lucas.

— Fortes o suficiente para a separação?

— Fortes para fundar uma república.

— Não vamos sonhar, Lucas.

— Ao contrário, Netto, vamos sonhar. Vamos sonhar! Sonhando seremos fortes. Só os fracos não sonham. Pensa nisto: amanhã vosmecê será general.

— Não quero falar sobre postos.

— João Manoel e Domingos aprovam, se for a vontade das tropas.

— Não quero falar sobre isso.

Tirou o chapéu, ficou a mexer nas penas pregadas na tira de couro. Outro relâmpago, branco e silencioso, espalhou sua luz no curral assustando os animais.

— Está elegante o sombrero.

— Mas bá!

— Pena de caburé.

— Ganhei da sentinela. Três penas: uma para o jogo, uma para o amor, uma para a guerra.

— Bem pensado.

— O sargento Caldeira me disse que falta uma.

— Falta uma? Para quê?

— Para um fato político.

Lucas sorriu.

— Pode ser que o sargento tenha razão.

— Isso é o que me preocupa.

Descontraiu-se, espichou os braços, recolheu-os rápido quando sentiu as garras da dor cravadas nas costelas.

— Em geral o sargento Caldeira tem razão.

Lucas era tão bonito que parecia um príncipe de opereta. Colocou a mão no ombro dele.

— Meu amigo, volta para a barraca. Conversa com os companheiros. Com calma. Com ponderação. Preciso pensar um pouco. Quando eu voltar lá, vamos tomar uma decisão.

4

Acendeu o palheiro e deu uma tragada funda, que o deixou momentaneamente tonto. Quando a lucidez voltou, tornou a debruçar-se na cerca de troncos e ficou olhando a luz da lua no dorso dos cavalos.

(Como eram formosos os cavalos à luz da lua, e como eram formosos à luz da madrugada, como eram formosos quando a cerração do inverno cobria os campos e expeliam pelas narinas fumaradas de vapor esbranquiçado, e como eram formosos ao crepúsculo do verão, vistos através da poeira avermelhada, e como eram formosos dando corridas e pulos e relinchos alegres num meio-dia de primavera.)

— Pitando, coronel?

A voz do sargento Caldeira era sempre emitida em tom baixo, mas sem submissão. Era sussurrada, grave, voz de conspirador, quase sempre recoberta por leve camada de ironia. O sargento sorria. Aquele sorriso o incomodava.

— Pensando, sargento. Pitando e pensando.

Enfiou a mão no bolso da túnica e apanhou um palheiro já enrolado. Ofereceu-o para o sargento. O sargento aceitou-o, aceitou o fogo, deu uma baforada para o alto. Ficaram fumando e olhando a luz da lua no dorso dos cavalos.

— Como era lá em cima, sargento?

O sargento olhou para Netto, depois olhou para a luz da lua no dorso dos cavalos. Olhou para o céu, examinou a tempestade, não formulou nenhum pensamento a respeito da tempestade que se aproximava.

— Lá em cima? Nas Encantadas?

Netto aproximou seu rosto do rosto do sargento.

— Por que não ficaram na serra? Por que desceram? Não eram livres por lá? Não estavam seguros?

— Para sermos livres, para sermos seguros, precisamos dum país, coronel.

Agora, o vento estava mais forte. Os cavalos se inquietavam.

— Quando ouvimos falar da revolução, quando ouvimos falar que a revolução queria a república, queria o fim da escravidão, resolvemos descer. Sem armas, sozinhos, não podíamos desafiar o Império. Mas junto com os revolucionários somos fortes. Somos parte do exército revolucionário.

Olhou para Netto.

— Podemos fundar um país, coronel.

Um relâmpago iluminou os dorsos dos cavalos. Netto desviou o olhar.

— Meus camaradas também querem um país, sargento.

O vento redemoinhou no curral e os cavalos se espantaram, dando relinchos curtos, encostando-se uns aos outros. Grandes nuvens se espalhavam no céu. A lua foi encoberta. O horizonte estremecia com relâmpagos.

— Está chegando a tempestade.

Netto ajeitou o poncho nos ombros e sentiu a dor nas costelas.

— Boa noite, sargento.

— Boa noite, coronel.

Netto deu um último olhar aos cavalos e se afastou lentamente, saboreando o vento no rosto, saboreando a tentação que o acariciava, a enigmática volúpia, o confuso, adiado êxtase.

— Coronel.

Parou. Voltou-se. Um relâmpago iluminou o grande negro contra o horizonte do pampa.

— Se vosmecê fundar um país, coronel, eu o acompanho até a porta do Inferno.

Netto sorriu.

— Não precisa tanto, sargento.

Recomeçou a caminhar arrastando os pés, adiando o momento de chegar na tenda onde o esperavam entre fumo e tragos de canha, indiferente aos relâmpagos, pleno, deixando-se dominar pela nova espécie de êxtase que se aproximava, percebendo cada vez mais a dor nas costelas, escutando os ruídos do acampamento, escutando a fúria iminente da tempestade, escutando a voz sedutora, a voz persuasiva e progressivamente exultante: *tens trinta e dois anos, amanhã vais fundar um país.*

PARTE IV

ÚLTIMO VERÃO NO CONTINENTE

Nove anos depois: vilarejo de Ponche Verde, município de D. Pedrito, Província de São Pedro do Rio Grande, 2 de março de 1845.
Três horas da tarde.

1

O mormaço acabrunhava quatro lanceiros negros dormitando à sombra do umbu. Espantavam automaticamente os mosquitos, sonhando com água fresca, e se mexiam incômodos, enquanto o suor brilhava nos rostos, deslizava nos braços, na curva das espáduas.

Dez cavalos pastavam na sombra criada pela grande fronde redonda. Um bando de emas, perto dali, espiava, olhos inquietos. Os longos pescoços se moviam para todos os lados.

Milonga estava bem desperto, um pouco afastado dos quatro lanceiros, acocorado, olhando fixo para a frente, apoiado na lança. Tinha divisas de cabo na túnica gasta.

Colocou a mão em pala sobre os olhos ao ver o ponto escuro aparecer na linha do horizonte.

Do alto do céu absolutamente sem nuvens, o sol derramava sua luz sobre o pampa, queimando a pastagem, criando reverberações, distorcendo as figuras. Havia um silêncio de sesta na vasta amplidão deserta, quebrado pelos gritos dos quero-queros enlouquecidos de calor.

O ponto escuro, pouco a pouco, se transformou num cavaleiro. O bando de emas alarmou-se e começou a se afastar.

Quando o sargento Caldeira estava bastante próximo, montando um tordilho de três anos, os quatro lanceiros foram se erguendo, um a um.

O sargento desmontou.

— Calhandra me deu o recado.

— Queremos conversar com vosmecê, sargento — disse Milonga.

— Já sei das estrepolias que andaram fazendo. Não contem comigo.

— Estávamos com fome. Precisávamos comer.

— Mas não precisavam matar um velho.

— Ele atirou primeiro.

— Feriu Quero-quero — disse Palometa.

— É verdade, sargento, veja — e Quero-quero mostrou o braço enfaixado.

— Só queríamos água e comida — disse Milonga.

— Estavam desertando — disse o sargento.

— É sobre isso que queremos falar — disse Milonga.

— Depois que mataram o velho não temos muito sobre o que falar.

— De minha parte não quero falar sobre um velho morto, sargento. Quero falar sobre o que vosmecê entende por deserção.

— Vosmecê é um soldado. Todos vosmecês são soldados. Não podem abandonar o Corpo assim no más. Sabem muito bem disso.

— Também sabemos que nos prometeram a liberdade — disse Quero-quero.

— Lutamos dez anos para quê, sargento? — perguntou Palometa, mostrando os dentes afiados. — Para tornar a ser escravos?

— Vosmecês não são escravos.

— Vão nos mandar para o Rio de Janeiro, sargento.

— Lá vamos ser escravos.

— O acordo diz que todos continuaremos como soldados.

— O acordo! — e Palometa cuspiu com desprezo.

— Eu não quero ir para o Rio de Janeiro, sargento — disse Quero-quero. — Tenho mulher e filho. Quero ficar aqui.

— Vosmecê desertou e matou um homem.

— Foi pra me defender, sargento.

— Lutamos por uma República — disse Chupim O Velho. No Seival. No Barro Vermelho. Em Laguna. Em Lages. São José do Norte. Piratini. Tem morto nosso enterrado por todo o Continente. E fora dele. Isso não nos dá algum direito?

— Lutamos porque nos prometeram a liberdade — insistiu Quero-quero. — E agora querem nos mandar para a Corte.

— Lá vamos ser escravos outra vez — disse Palometa.

— Sargento — disse Milonga —, entramos nesta guerra porque seríamos homens livres quando ela terminasse. Faz um dia que ela terminou. A primeira coisa que fizeram foi tirar nossas armas e botar guardas nos vigiando, como se a gente fosse prisioneiro ou inimigo.

— Vosmecês estragaram tudo. Desertaram e mataram um civil depois do tratado de paz.

— No meu entender não desertamos, sargento — disse Milonga. — No meu entender não somos nós os desertores.

— Não desertaram?

— Mentiram para nós.

— Quem mentiu?

— Todos. Todos mentiram. Os republicanos mentiram. Enquanto precisavam da gente para a guerra, falavam em liberdade, igualdade, fraternidade. Quando a guerra terminou, nos entregaram para os imperiais.

— Os republicanos não tinham força política para exigir mais.

— Eles nos abandonaram, sargento — afirmou Chupim O Velho. — Essa é a verdade.

— Os republicanos agora estão enfraquecidos, não podem criar um fato político maior, mas nossos aliados são eles e mais ninguém. Tudo na vida são fatos políticos, Chupim.

— Queremos ir para as Encantadas, sargento — disse Palometa.

— Lá vamos ser livres — disse Chupim O Velho.

E Milonga — com sua antiga voz — disse:

— Queremos que nos guie, sargento.

O sargento Caldeira percorreu com o olhar a campina abrasada pelo sol, a linha trêmula do horizonte. Sabia que ganhava tempo, que esperava que o coração se acalmasse. Foi com apreensão que sentira o coração acelerar. Não esperava que isso acontecesse.

— Ninguém é livre sendo perseguido o tempo todo.

Encarou os cinco rostos aflitos onde o suor brilhava.

— Nossa oportunidade de ser livres de verdade é continuar ao lado dos republicanos. Juntar nossas forças. Não importa que a guerra tenha terminado. As idéias continuam. Precisamos de fatos políticos e não de andar vagando pelas serras sem eira nem beira.

— Para nós cinco, sargento — disse Palometa —, a guerra não acabou. Se nos agarram, vamos ser fuzilados na hora.

— Para *todos* os homens negros a guerra não acabou — disse Milonga.

— Vamos para as Encantadas, sargento — disse Quero-quero, persuasivo, sonhador. — Vosmecê conhece aquilo tudo por lá. Vamos ser livres de verdade.

O sargento Caldeira baixou a cabeça.

— Os tempos mudaram, soldado. A escravidão acabou no mundo inteiro. Vai acabar aqui também.

— Quando, sargento, quando?

— Quando chegar a hora. Temos que lutar por isso e não ir viver escondido na serra. É uma questão política.

— Sargento, vosmecê está falando como um branco — disse Palometa.

O sargento Caldeira demorou a responder. Deu um passo adiante, tocou no colar de dentes de jaguar que Palometa usava.

— Caçador, eu vim aqui falar com vosmecês porque Calhandra disse que eram irmãos meus que estavam pedindo. Eu nunca derramei o sangue de um irmão meu, mas vosmecê começa a correr esse risco, soldado.

— Eu não sou mais soldado. Agora eu sou um homem livre. Não me chame mais de soldado.

Deu um safanão e tirou o colar das mãos do sargento.

— E não me chame de irmão!

Chupim O Velho tocou no braço de Palometa.

— Chamamos o sargento para conversar, para pedir conselho, porque confiamos nele.

— Eu não confio em ninguém!

Palometa deu as costas e se afastou do grupo. Foi para trás do umbu e sentou-se na raiz. Ficou olhando para a frente, para a vastidão deserta.

Parecia que a conversa estava encerrada. O sargento fez menção de montar no tordilho. Milonga agarrou o freio do animal.

— Sargento, quem foi que um dia me disse: Milonga, vosmecê não vai ser mais um negro ignorante que nem eu, que só sabe matar para se sentir livre. Quando a guerra acabar vosmecê vai estudar, vai aprender a pensar, vai entrar na política, vai ser advogado!

Milonga deu um riso amargo.

— Isto foi tudo que eu ganhei, sargento.

Ergueu o que restava do braço direito, decepado na altura do cotovelo.

— A guerra é cruel, Milonga, mas agora ela terminou.

— Terminou para os brancos!

— Precisamos encontrar outra maneira de lutar pela nossa liberdade.

— Só existe uma maneira de lutar, sargento.

— Milonga, vosmecê pode escolher entre ser um negro ignorante e bruto e viver sozinho na serra ou se aliar com gente que quer transformar as coisas.

— Quem quer transformar o quê, sargento? O que hoje eu sei é que se alguém quer acabar com a escravidão é porque tira algum proveito disso.

— Há muita gente boa que quer acabar com a escravidão sem tirar proveito e vosmecês todos sabem muito bem disso.

— Não podemos mais voltar, sargento. Se voltarmos seremos fuzilados — disse Chupim O Velho.

— Queremos ir para as Encantadas, sargento — disse Quero-quero, ainda sonhador.

— De minha parte vou continuar matando para ser livre — disse Milonga.

O sargento Caldeira tornou a olhar vagarosamente a solidão do pampa ao seu redor, com uma sensação infinita de perda. Depois, procurou os olhos desamparados do jovem parado na sua frente.

— Cada um é dono do seu destino, Milonga.

Montou no tordilho.

— As Encantadas ficam na direção do nascente. Quatro dias a cavalo.

Torceu a rédea, esporeou o tordilho e se afastou a galope.

2

Netto apanhou a cuia de chimarrão que o capitão Osório lhe estendia.

— Fico agradecido pela consideração, meu amigo, mas já resolvi esse assunto. Pensei muito antes de tomar uma decisão.

— Eu não me atreveria a falar sobre isso se meus camaradas não me tivessem comissionado, general.

— Vosmecê não precisa ser comissionado para falar sobre qualquer assunto comigo, capitão.

— Vosmecê vai fazer falta no trabalho de reconstrução do país, general.

— Isso me lisonjeia, meu amigo, mas aqui ficam homens capazes. Eles saberão o que fazer, bem melhor do que eu.

— Estivemos em lados separados nesta guerra, general, mas não estivemos separados pelas idéias. Eu acredito na república, acredito como forma de governo, acredito como modernização de nossa sociedade. Mas tinha compromissos de consciência.

— Eu sei, capitão.

— Esta guerra fez muita coisa estranha. Veja o general Bento Gonçalves. Não era republicano. Nunca foi. Mas ficou do vosso lado até o fim. Compromisso de consciência.

Osório apanhou a cuia de volta, encheu-a e começou a chupar a bomba. A barraca pesava com o calor do fim da tarde. Estavam sentados em tocos, frente a frente, e falavam em voz baixa.

— Quando vosmecê parte, general?

— Amanhã bem cedo. Doze camaradas vão comigo.

— No Uruguai as coisas não vão ser fáceis.

Netto sorriu.

— Não. Vou começar tudo outra vez.

— E a estância em Bagé, general?

— Já negociei minha estância. Vou comprar uma ponta de gado. Vou ser tropeiro. Eu era tropeiro quando comecei a vida. Tinha dezesseis anos. Agora tenho quarenta, capitão, uma idade boa para recomeçar.

Osório encheu a cuia e estendeu-a para Netto.

— Lamento não poder demovê-lo dessa idéia, general.

— Nas conversas do acordo de paz meus pontos de vista todos foram vencidos, capitão, e eu sempre pretendi ser um homem sensato. Não pude fazer nada a respeito dos escravos e isso me corrói. Sei quando estou vencido. Só me resta ir embora.

— A abolição vai chegar, general, assim como a república.

— Disso eu não tenho dúvida, capitão. O que me corrói é o destino dos negros que lutaram com os republicanos. Só eles perderam.

Netto apanhou um palheiro já enrolado no bolso da túnica.

— Eles mantiveram o compromisso com a República. Eles não traíram, capitão.

Subitamente pareceu ficar deprimido, baixou a cabeça, olhou em torno.

— Todas essas traições...

Demorou a falar. Olhou para Osório.

— Quando penso em Lucas...

— Ele não traiu.

— Não. Não seria elegante. E faria mal à sua consciência. O que ele fez não foi traição, foi um exercício de política. Ou como ele diria, foi a sua sina. A única coisa decente, nesta situação, era continuar a luta até chegarmos a uma decisão que respeitasse a atuação dos lanceiros durante esses dez anos. Mas continuar uma luta por minha conta e risco seria ir contra a vontade de todos os meus camaradas. — Sorriu com sarcasmo. — Como vê, capitão, eu também tenho compromissos com a minha consciência.

Osório recebeu a cuia e tornou a enchê-la.

— Os lanceiros foram os sacrificados.

— Não gosto de falar dessas coisas, mas muito revolucionário terminou a guerra rico, capitão.

Pareceu arrependido de ter falado. Acendeu o palheiro com o isqueiro de corda e deu uma baforada para o teto. Um ar sonhador pouco a pouco foi tomando suas feições.

— Me *voy a los blancos* criar parelheiros. É o melhor que posso fazer nas circunstâncias.

Osório largou a cuia sobre o pelego no chão a seu lado e levantou-se.

— Não tomo mais seu tempo, general.

Netto também se levantou. Osório apanhou no bornal um pequeno e sólido volume encadernado em couro.

— Uma lembrança, general.

Netto apanhou o volume. *A divina comédia* de Dante Alighieri. Sorriu.

— Vai me acompanhar nas noites de inverno. Muito obrigado, meu amigo.

— Está em italiano, general.

— Mandarei comprar um dicionário em Montevidéu.

Abriu a porta da tenda. Um enorme sol descia no horizonte. A tarde de verão chegava ao fim, pesada, opressiva. Tudo se tingia de vermelho. O acampamento tinha um movimento lento, com os soldados fazendo tarefas prosaicas, vagarosos e entediados.

Osório fez continência para Netto, depois apertaram-se as mãos.

— Foi uma honra conversar com vosmecê, general.

— Boa sorte, capitão.

Viram um cavaleiro carregando uma lança se aproximar num galope urgente, levantando uma poeira rosada. O cavaleiro entrou no acampamento investindo sobre a soldadesca que precisou saltar para os lados para não ser atropelada, avançou até diante da tenda de Netto e estacou o cavalo a cinco metros dele.

Milonga era o cavaleiro. Ergueu a lança e atirou-a na direção de Netto. A lança cravou no chão, entre as botas de Netto, e ali ficou balançando.

— General mentiroso!

Netto sentiu uma dor súbita e estranha.

— Vim pra le matar, general.

Osório levou a mão à culatra da pistola. Netto segurou seu braço. Olhou para o rapaz que um dia salvara sua vida. Tirou o palheiro da boca.

— Há quanto tempo, amigo Milonga.

— Eu não tenho amigos!

A mão esquerda de Milonga desceu até o coldre. Vários oficiais acorreram, mas Netto tornou a fazer o gesto.

— Não quero ouvir nenhum tiro!

Soldados se aproximaram na expectativa de que algo aconteceria.

— A guerra terminou, Milonga.

— A guerra terminou e eu continuo escravo.

— Para mim tu não és escravo, Milonga.

— General, onde está a República que vosmecê proclamou?

— Ela não existe mais, Milonga.

— Vosmecê mentiu para nós.

— Não, Milonga, eu não menti. Apenas perdi a guerra.

— Onde está o Gavião?

— O coronel Teixeira morreu, Milonga.

Milonga olhou para o céu avermelhado e deu um grito agudo, que fez Netto estremecer. Depois, olhou para Netto com olhos frios.

— Morre, general!

Apanhou o revólver, apontou para Netto e apertou o gatilho. O tiro saiu para o alto. No momento do disparo, Milonga foi sacudido por um tremor, atingido pela descarga duma carabina. Dobrou-se sobre o pescoço do cavalo e caiu no chão seco.

Todos olharam para o sargento Caldeira, que segurava nas mãos a carabina fumegante. O sargento Caldeira aproximou-se do corpo caído e curvou-se sobre ele.

Os soldados o cercaram, ávidos, curiosos. As exclamações e comentários cessaram quando o sargento Caldeira fechou os olhos de Milonga e disse, bem devagar, bem baixinho:

— Milonga, negrinho burro, matar um general não é mais um fato político.

Levantou-se muito lentamente. Encontrou o olhar de Netto. Então, aprumou o corpo e se afastou entre os soldados que lhe davam passagem.

Parte V

PIEDRA SOLA

Dezesseis anos depois: arredores de Taquarembó, República Oriental do Uruguai, 25 de junho de 1861.
Sete horas da manhã.

1

Netto foi contornando a grande pedra redonda, pisando com cuidado, controlando a respiração, empunhando a carabina com as mãos enluvadas, sabendo que o grande jaguar cinzento o estava observando com os olhos amarelos.

Há quatro dias o vinha rastreando, sem perseverança nem alegria, induzido pelo instinto e por um tédio que se recusava em reconhecer.

Desde que os irmãos Labarca tinham vindo avisá-lo, preparou-se para a caçada, mas sem entusiasmo. Não era um caçador instintivo, embora desde a infância em Povo Novo fosse acostumado ao jogo sangrento. O motivo por que estava ali não era a diversão ou o esporte, era o exercício de sua autoridade. Os irmãos Labarca o avisaram da presença do animal não apenas por uma questão de solidariedade entre vizinhos, mas porque, segundo ditava uma obscura lei, correspondia ao maior proprietário da região caçar o predador.

Há pelo menos um dia o jaguar sabia que ele o estava seguindo. Na noite anterior, Netto tivera a oportunidade do tiro, numa canhada oculta por folhagens e juncos, quando o animal fora beber.

Espreitou-o durante quase uma hora, imóvel entre os juncos, pensando nos parelheiros.

Dois patos selvagens levantaram vôo assustados, e Netto viu claramente, à luz da lua crescente, o longo, elegante, fulvo perfil se aproximando da margem, sombrio e solitário.

Escorou a culatra bem firme no ombro e apontou.

E agora, à luz da manhã, vendo o dorso tenso ondular sobre a pressão das patas na pedra, preparando-se para o ataque, pensa naquele momento da noite anterior e busca decifrar a espécie de sentimento que o fez esperar um segundo para apertar o gatilho. Talvez o vento tivesse mudado, pois o jaguar farejara sua presença e com um só majestoso movimento desaparecera na vegetação.

Mas, agora, à luz da manhã, é diferente — e ambos sabem disso. Na grande pedra redonda não há vegetação. A pedra é áspera, intratável, e está fincada solitária na vastidão do pampa, como um monumento ou um altar. E é ali que Netto cercou o jaguar, aproximando-se tão silencioso quanto outro jaguar.

Tinha deixado Ruiseñor e Marengo amarrados a meia légua de distância, e se aproximado cauteloso, sem premura, percebendo o frio que começava a chegar da Patagônia, sabendo que o adversário dormia em sua toca.

Porém, o instinto ou o faro o tinham advertido, e o príncipe saiu do escuro, bocejando mal-humorado, para ficar frente a frente com o perseguidor, e o olho cinzento de Netto encontrou o olho amarelo do jaguar.

Enquanto estavam frente a frente, podia pensar em decifrar e entender aquela pequena, escondida sensação que brotara em seu peito na noite anterior e se transformara na forma de piedade (seria isso?) que o fizera hesitar um segundo antes de apertar o gatilho.

O jaguar se crispou como se uma brisa tivesse passado por ali, mas o ar estava parado. A cauda inquieta moveu-se e um som de rocha desmoronando se formou na garganta, recolhendo todas as palpitações dos músculos que se concentravam para o salto.

Netto viu as unhas se firmando na pedra e intuiu o instante em que o grande animal voou na sua direção. E foi nesse instante que endireitou o corpo e apertou o gatilho e saltou para o lado e sentiu o bafo morno da fera caindo com um baque triste de coisa sem vida no duro chão onde pisava.

O príncipe era um animal formoso e agora estava morto. Tocou-o com a bota, percebendo aquela vaga sensação que o rondara tornar a se aproximar. Não sabia se devia aceitá-la como algo bom ou como uma fraqueza. Em todo caso, cumprira sua obrigação. Os habitantes da região podiam ficar descansados. O general mais uma vez comprovara que era capaz de protegê-los.

Netto olhou o pampa silencioso a seu redor. Ouviu um ruído e ergueu o rosto para o céu de inverno, totalmente sem nuvens, de um azul transparente. Um carancho planava bem alto, com as grandes asas abertas.

Netto não gostava de troféus, mas não ia deixar o morto servir de alimento. Precisava caminhar até onde estavam Ruiseñor e Marengo e depois voltar para buscar o corpo do jaguar. Ainda era cedo, mas não podia perder tempo.

Tinha um dia inteiro de marcha até La Glória.

2

Cada vez que via a torre de pedra surgindo pouco a pouco na linha do horizonte, como uma aparição saindo vagarosamente do fundo do pampa, seu coração se iluminava. Depois surgiam as muralhas que levara três anos levantando. A casa principal, assim como as duas torres e como tudo que erguera dentro da muralha, era em pedra, pedra arrancada daquele chão. Ele mesmo fizera o projeto, à luz da lamparina, nas demoradas noites de inverno, na cabana de madeira aquecida pelas brasas fumegantes, Gaudério dormitando a seus pés.

Gaudério fora um presente dos irmãos Labarca, quando era uma bolinha de pêlos cinzentos com dois meses de idade. Agora estava com seis anos e se transformara num ovelheiro forte e enérgico, com uma personalidade brincalhona, mas consciente de suas responsabilidades. Netto sabia que ele enfiaria a cabeça no grande portão de madeira da muralha, o empurraria até conseguir uma fresta por onde se espremeria para fora e viria correndo a seu encontro.

La Glória era a maior estância do distrito de Taquarembó, e Netto experimentava um orgulho legítimo por ela, quando a via, imponente e senhorial, surgir no meio da vastidão. Era sua, criara-a do nada. Arrancara-a do chão do pampa.

O frio estava mais intenso e começava a senti-lo no rosto. Nas mãos usava luvas de pele de veado, que ele mesmo caçara nos campos ao redor, acompanhado pelo vigilante Gaudério.

E era Gaudério que vinha em desabalada carreira, na sua direção, latindo alegremente. Netto montava Ruiseñor e puxava Marengo pela rédea, sobre quem estava o corpo do jaguar. Ruiseñor relinchou participando da alegria, Gaudério passou por eles como um foguete, deu meia-volta e retornou, emparelhando com Netto, saltando e dando latidos felizes.

Um peão abriu a porteira. Netto entrou no vasto pátio tomado pela ameaça do crepúsculo que se aproximava, constatando com crescente júbilo que sua chegada criava pequena mas barulhenta agitação.

Passou pelo poço bem no centro do pátio, poi carretas desatreladas, por cavalos de tração debaixo de coberturas de telhas. Cabras e galinhas fugiam à sua passagem. Surgiam pessoas de todos os lados para ver o grande jaguar amarrado na garupa de Marengo. As crianças davam gritos de susto e admiração, as mulheres riam felizes com o resultado da caçada e os homens aprovavam gravemente, aliviados com o regresso do general. Netto abanava e tocava na aba do chapéu, respondendo aos cumprimentos.

Parou frente à varanda da casa principal. Benedito se aproximou, comedido e elegante, mostrando o grande sorriso.

— Demorou, padrinho. Já estava desconfiando que o caçador tinha sido o jaguar.

— Ele também pensou, mas por pouco tempo.

Desmontou do cavalo, Benedito se inclinou e beijou sua mão.

— Sua bênção, padrinho.

— Deus te abençoe.

Benedito começou a desamarrar o animal morto da garupa de Marengo. Uma índia muito velha apareceu na varanda. Netto apanhou a lebre amarrada ao serigote de Ruiseñor e atirou-a na direção da velha, que a apanhou com um risinho satisfeito e uma demonstração exagerada de susto.

— Concepción, cozinha este bicho para o jantar.

A velha índia ergueu a lebre pelas patas e examinou-a com olhos experientes.

— Tá gorda pra panela. Vou fazer com o Porto de oito anos, general. Pra levantar até defunto.

— Macanudo, Concepción. E manda preparar um banho quente pra mim.

Subiu os degraus de pedra da varanda bem lentamente, sentindo os primeiros sinais do cansaço. Atravessou a sala aquecida pelo grande fogo na lareira, parou em frente a ele e tirou as luvas. Estendeu as mãos para o fogo, recusando-se a completar o pensamento iniciado na varanda. Era um pensamento banal e envolvia vaidade, essa intrusa que o acompanhara ao longo da vida, mas de qualquer modo tinha que admitir: os anos passavam. Começava a envelhecer.

Percebeu com melancolia que o pensamento persistia, acompanhando-o no calor da banheira, enquanto fechava os olhos na modorra da água fumegante e pitava o palheiro, ouvindo os ruídos da casa.

3

Conhecia um por um os ruídos daquela casa, e conhecia os cheiros e a luz de cada peça e de como mudavam a cada estação. Agora, diante do fogo crepitando na lareira, confortavelmente instalado na poltrona de couro, digerindo a lebre cozinhada por Concepción, o cálice do Porto ao alcance da mão, sente que sua atenção se desprende do livro aborrecido e vaga pela casa, captando os leves estalos de madeira, um camundongo roendo um pedaço de queijo roubado na despensa, Gaudério coçando uma pulga enquanto sonha com ovelhas, o pio de uma coruja misturado às investidas do vento.

Netto ouve o vento. Ouve-o assobiando nas frestas das janelas, sente-o perturbando as chamas na lareira. O olhar de Netto percorre as paredes onde dançam as sombras criadas pelo fogo, sobre os quadros dos antepassados que vieram de Portugal, sobre a lança de marfim que ganhou de Osório e que pertenceu a Bento Manoel, sobre a muda inteligência do sabre de quando foi capitão de Milícias na campanha da Cisplatina, o par de pistolas do batismo de fogo em Aceguá, na primeira invasão de Alvear, quarenta anos atrás.

O livro escorrega de sua mão. Não importa. *A divina pastora* não tinha muito a lhe dizer. O enfatuado doutor que a escrevera nunca estivera num combate e "A Guerra dos Farrapos", como a chamava, considerava um alçamento de bandidos contra o santo imperador.

O vento cerca a casa de pedra. O exército do vento tem brigadas de vozes perversas e sofredoras, que arremetem em turbilhão, despertam redemoinhos no pátio e arrancam as últimas folhas dos cinamomos. O vento inquieta Gaudério, que gane baixinho, sonhando. Netto ouve passos que vêm andando no vento. São passos leves. Descalços. De um negrinho.

Netto abre os olhos, angustiado, e vê o negrinho parado diante dele. Benedito tem vinte e oito anos, mas ainda parece o mesmo negrinho que encontrou perdido e faminto, dezesseis anos atrás, quando a guerra acabou, e marchava para o exílio.

— Precisa de alguma coisa, padrinho?

— Não. Acho que dormi.

— Está tudo pronto para a viagem. Apolônio vai chamar a peonada às cinco horas.

— Macanudo.

— Acho que vosmecê deve montar Berceuse, padrinho. Vamos poupar Ruiseñor. E levamos junto Topázio.

— *Muy bien.*

Benedito se abaixa, apanha o livro e o folheia lentamente, com um sorriso.

— O tiro entrou bem no centro da testa.

— Eu sei.

Netto fecha os olhos, escuta o vento, vê o jaguar preparando-se para o salto na pedra redonda.

Abre os olhos, Benedito folheia o livro.

— Pode levar, se quiser.

— Eu já o li. O doutor Caldre também me deu sono

— E *As viagens*? Já terminou?

— Já. Ao contrário do doutor Caldre, Mr. Swift me deixou acordado todos os dias que vosmecê esteve perseguindo o jaguar.

Netto sorriu e fechou os olhos.

— Eu também li *As viagens* noites adentro sem parar.

Nova investida do vento fez o fogo dançar com mais vigor.

— Acho que vou dormir — disse Netto.

Benedito fechou o livro.

— Padrinho.

Netto abriu um olho.

— Queria sua licença para casar.

Netto abriu o outro olho.

— Casar?

Endireitou-se na poltrona.

— Vosmecê quer casar? E com quem?

— Paula.

Agora estava bem desperto. Enquanto assimilava a novidade, enquanto a examinava e a inquiria e a pesava, Netto foi controlando a surpresa, mudando a expressão de assombro para um sorriso irônico, paternalista, que sabia desleal e por isso o irritava inconscientemente.

— Paula. Muito bem. A Paula. Gosto dela. Cumpre as obrigações. E é uma mocinha guapa como poucas.

Ficou de repente carrancudo.

— Escuta aqui, Benedito, esse casamento é de livre vontade? Tu não andou cantando de galo antes da hora?

— Nós dois queremos o casório. A família dela aprova. Falta só o senhor me dar sua licença.

— Benedito, tu não é muito novo pra ficar maneado pelo casamento? Tu não vai se arrepender depois?

— Padrinho, eu tenho vinte e oito anos. Se demorar mais vou acabar um velho solteirão.

Benedito viu a transformação instantânea no rosto de Netto e não pôde reprimir o riso.

— Não há nenhuma segunda intenção nisso que eu disse, padrinho.

Adoçou a voz.

— Eu sei bem as vantagens do celibato. Mas vosmecê sabe que eu não sou homem de andanças. Eu quero é ficar no meu canto e cuidar da minha família.

— Está bem, está bem, vamos arranjar esse casório.

O rosto de Benedito irradiou alegria.

— Vosmecê não ficou zangado?

— Nããäoooo! — berrou tomado por uma irritação que aumentava por saber tola e que escapava a seu controle. — Por que haveria de ficar?

— Então vosmecê fala com os pais dela?

— Quando voltar de Paissandu.

— Obrigado, padrinho. Sua bênção.

Beijou a mão que Netto lhe estendeu.

— Deus te abençoe.

— Boa noite, padrinho.

— Boa noite.

Quando os passos silenciosos já estavam na outra extremidade da grande sala, Netto disse:

— Benedito, tu vai ser feliz com ela.

— Obrigado, padrinho.

— Apaga a luz, faz favor.

Benedito foi até o lampião na parede e soprou-o. Saiu e fechou a porta.

A sala ficou iluminada apenas pelo fogo da lareira, e tornou-se cheia de sombras que dançavam nas paredes de pedra. Netto tornou a ouvir o vento. A mão buscou o cálice do Porto. Acomodou-se bem, tomou um gole e ficou olhando o fogo.

4

Chegaram a Paissandu três dias depois, viajando com cautela. Netto não queria forçar os parelheiros. Tomou um quarto no Hotel d'Anglaterre, certificou-se de que Apolônio e os peões estavam bem acomodados nas pousadas próximas ao Clube Pastoril, deu uma olhada nas cavalariças e foi caminhar na cidade, a ver as livrarias e as lojas.

Parou diante duma vitrine dum alfaiate conhecido e examinou detidamente o corte dos ternos da moda. Havia muitas novidades. Desejava comprar uma roupa nova para o jantar do dia seguinte. O dia seguinte era um sábado, e, se as coisas acontecessem como imaginava, seria um sábado inesquecível.

Primeiro, depois do indefectível churrasco, viriam as carreiras. Já sabia que tinham chegado parelheiros de todos os pontos do Uruguai para medir-se com os seus, mas isso era algo que não mais mexia com suas emoções, como nos primeiros tempos da coudelaria.

Andava disperso, pensativo, e, durante o passeio na cidade, duas vezes percebera que se atrasara em responder à saudação de conhecidos, tão absorto estava em seus pensamentos.

Eram pensamentos que o perturbavam. Benedito queria casar. O negrinho já estava um homem. Já estava formando família. Mas não era isso que o preocupava. Benedito sempre fora equilibrado, Benedito sempre soube o que quis na vida. O que o preocupava era ficar sentado solitário na grande sala de pedra, olhando o fogo até a madrugada, quando já era apenas brasa e o silêncio assombrava a casa.

Mas também reconheceu que não o preocupava aquela solidão — ela fazia parte do seu orgulho. O que o preocupava era que a serena solidão da madrugada começava a ser rompida por presença incômoda, que irrompia em seus pensamentos quando menos esperava, embora soubesse que a estava sempre esperando.

Conhecera Maria Escayola numa apertada livraria da rua San José, em Montevidéu, há oito meses. Estava a dar meia-volta, os braços carregados de livros, quando esbarrou em cheio com outra pessoa também carregada de livros.

Foi uma pequena hecatombe. Livros caindo como assustadas galinhas de asas abertas e espalhando-se pelo chão. Abaixou-se galantemente e com rapidez para apanhar os livros, os seus e os da pessoa.

Mas, aparentemente, a pessoa esbarrada teve idêntico pensamento, pois também abaixou-se.

Abaixaram, portanto, ao mesmo tempo, as respectivas cabeças, e, já que estavam tão próximos ao ponto de terem esbarrado um momento atrás, as chocaram com um baque sonoro e uma curta mas audível imprecação feminina. E chocaram com tanta força que se desequilibraram e quase caíram para trás.

Esse *quase* foi uma intervenção do destino, pensou Netto, depois, no quarto do hotel, porque então seria em dobro o fulgor de fúria nos olhos negros que o fuzilaram.

— Mil perdões, minha senhora — disse, procurando mostrar o ar mais consternado de que era capaz, mas sabendo que era impossível dissimular o sorriso e o assombro.

Deu um cuidadoso passo para trás, abaixou-se e apanhou os livros, ignorando o aflito livreiro que acudia. Organizou os livros num perfilado grupo de oito, sorriu para eles, alargou o sorriso para a dama que se recompunha mas conservava o escuro fulgor nos olhos.

— Já estive em alguns entreveros considerados terríveis pelos cronistas, minha senhora, mas, este, da livraria, foi sem dúvida um dos mais perigosos.

Estendeu os livros com uma vênia. Ela apanhou-os, secamente.

— Não se preocupe, cavalheiro, que não se repetirá.

— Ao seu dispor, minha senhora: Netto.

Bateu os calcanhares. Ela afastou-se de queixo erguido, seguida pelo livreiro que tropeçava nos livros de Netto, ainda no chão. Netto começou a levantá-los vagarosamente, auxiliado por um funcionário da livraria.

Se os deuses fossem propícios, encontraria a dama no jantar de sábado. Ela era filha de don José Escayola, seu principal desafiante das carreiras do dia seguinte.

Netto achou os ternos do alfaiate demasiado ingleses para seu gosto. Optou por passar na cigarraria e comprar uma caixa de havanas.

5

A casa de don José Escayola estava toda iluminada e cheia de gente. A maioria estava em pé, empunhando taças e charutos. À esquerda de Maria Escayola, o olho ávido no decote dela, estava um homem gorducho, apertado num terno de veludo verde, com um grande tope púrpura pendurado no peito. Tinha a boca entreaberta, e o polpudo lábio inferior permanentemente úmido; a luz caía amarela sobre seu crânio redondo, quase calvo, fazendo brilhar os escassos cabelos aplastados por uma matéria pegajosa. O nariz era delgado e curto e era como se sua inteligência se tivesse concentrado ali, na expressão imperiosa que o nariz lhe emprestava e na pequena cintilação dourada que bailava na sua ponta.

Don José Escayola tomou o braço de Netto.

— O senhor não conhece ainda o embaixador de Sua Majestade Britânica, Mr. Edward Thornton, general.

Então o gorducho era o embaixador. Apertou a pequena pata macia.

— López é um bárbaro — dizia alguém num grupo ao lado.

— López é mais que um bárbaro. É uma ameaça ao livre comércio — emendou o embaixador em voz alta.

No grupo ao lado todos riram e aprovaram com as cabeças.

— López talvez seja um bárbaro, Mr. Thornton — disse Netto suavemente —, mas com certeza não é um lacaio.

O inglês virou o rosto para Netto e só então ele viu os dois pequenos olhos azuis, redondos e frios como duas bolinhas de gude.

— Tenho ouvido falar no senhor, Mr. Netto.

— Pela sua expressão parece que não tem ouvido coisas boas, Mr. Thornton.

— Coisas incomuns, eu diria, Mr. Netto. A propósito, se não é inconveniente, o senhor poderia me esclarecer uma pequena dúvida?

— Pois não.

— O senhor é brasileiro ou rio-grandense? Uruguaio ou argentino? Blanco ou colorado?

— Eu sou um general, Mr. Thornton.

Maria deu uma risada curta e colocou o leque sobre os lábios, enrubescendo.

— Nosso amigo Netto, senhor embaixador, é um general muito especial — disse don José Escayola.

— É um general que tem seu próprio exército — disse Maria.

— Realmente, isso é uma particularidade muito interessante, Mr. Netto — disse Thornton.

— Uma particularidade que com certeza não escapou a Sua Majestade Britânica — disse Maria.

— Confesso que não escapou, dona Maria — sorriu com arguta modéstia o embaixador. — Se tivesse escapado, certamente eu não seria um bom súdito.

— Tenho certeza que o senhor é um bom súdito, Mr. Thornton — disse Netto.

Maria sorriu. Só ela teria percebido a pequena ironia? Era melhor prestar atenção na filha mais velha de don José Escayola.

— O senhor tem alguma coisa contra o fato de alguém ser súdito de alguém, general? — disse Maria com ar casual, olhando-o diretamente.

— Absolutamente, senhorita Maria. Apenas contra o fato de *eu* ser súdito de alguém.

Para sua surpresa, ela sorriu aprovadoramente com a resposta arrogante.

— O senhor naturalmente não é um monarquista, Mr. Netto — disse Thornton.

— Naturalmente. Se tivesse que escolher um rei, Mr. Thornton, escolheria a mim próprio.

Houve sorrisos delicados.

— O senhor diz isso talvez porque não saiba que os reis são escolhidos por Deus, Mr. Netto — retrucou Thornton, severamente.

— Na minha última entrevista com *Ele* não tocamos nesse assunto.

Thornton inchou levemente.

— O senhor tem um senso de humor muito particular, Mr. Netto.

— *Gracias,* Mr. Thornton.

— Eu sei que o senhor é republicano. Aliás, todos os senhores são republicanos. Mas há uma diferença, que não é sutil, entre um mandatário ser escolhido pelo populacho e ser ungido pelo nascimento, o que é o mesmo que ser escolhido pela vontade divina. Por isso a monarquia é insubstituível.

— A conversa começa a ficar séria, senhores — disse don José Escayola. — Somos de opiniões diferentes em vários assuntos, mas concordamos no essencial. Solano López é um ditador e basicamente, monarquistas ou republicanos, somos democratas. Estamos todos de acordo: Solano López é uma ameaça ao desenvolvimento da região, aos nossos negócios e a uma América livre e moderna.

— Solano López é uma ameaça aos negócios de Sua Majestade Britânica em particular — disse Netto — mas não creio que seja uma ameaça aos nossos negócios em geral, don José.

— E isso por quê, general?

— López precisa de nós.

— Precisa da credulidade dos senhores — disse Thornton com sarcasmo.

— Precisa de nossos rios. E de nosso mercado para vender seus produtos.

O embaixador ficou sombrio.

— Ele usará os rios dos senhores não para o comércio, mas para atacá-los quando se sentir forte.

— O Prata não é o Tejo, Mr. Thornton — disse Netto.

— Não percebi.

— Um colega seu escreveu a um mandatário português de triste memória que as águas do rio Tejo correm ou correrão na direção que a Inglaterra quiser.

— Com Portugal mantemos relações seculares, Mr. Netto, e às vezes uma frase de efeito se faz necessário. Mas Solano López fechou o país ao mundo. É um ditador sanguinário. O senhor diz que é um republicano, um democrata, portanto. Vosmecê devia saber, Mr. Netto, que o livre comércio é a base da democracia.

— O livre comércio como base da democracia é a última invenção das ciências econômicas geradas na City de

Londres, caro embaixador. A Inglaterra precisa de algodão desesperadamente para suas fábricas paradas, já que seu fornecedor habitual, sua antiga colônia, os Estados Unidos da América, está se divertindo numa guerra fratricida. Ora, como sabemos, o Paraguai tem algodão.

Netto acendeu demoradamente um havana ante o olhar tenso do embaixador.

— O pequeno detalhe, Mr. Thornton, é que ele não quer vender seu algodão. Ou talvez queira, ao preço que achar mais conveniente.

— Vosmecê, Mr. Netto, tem o dom de simplificar temas complexos com uma candura comovente. Se admira tanto o ditador, por que é contra ele?

— Não o admiro. Apenas não ando distribuindo adjetivos como bárbaro e sanguinário quando quero dizer concorrente comercial ou com interesses econômicos diversos.

— Então vosmecê não é contra ele?

— Sou contra suas idéias. Não gosto de ditadores. Não gosto do poder absoluto. Não precisamos desse exemplo na nossa América. É uma mentira que a vontade individual de um homem vai mudar a História.

— Mr. Thornton afirmou que o livre comércio é a base da democracia — disse Maria. — No seu entender, general, qual é a base da democracia?

— A vontade do povo, senhorita Maria. Quando a vontade do povo não for manipulada, quando ela determinar livremente seu destino, nossos países serão fortes e prósperos. Não precisaremos de imperadores nem de reis.

Sorriu e fez uma vênia para ela.

— E nem de rainhas.

Ela devolveu o sorriso e a vênia.

— E, naturalmente, nem de caudilhos.

Netto ergueu sua taça.

— Naturalmente. Caudilhos são uma excrescência.

— Caudilhos são coisas do passado — disse Thornton olhando para a frente, com ar distraído. — Mas uma coisa eu admiro nos caudilhos, Mr. Netto. O instinto aristocrático.

Maria olhou para Netto, deliciada. Netto inchou levemente.

— O senhor tem um senso de humor muito particular, embaixador.

— *Gracias*, Mr. Netto.

— Senhores — disse don José —, vamos passar para a sala de jantar. A mesa está servida. Vamos comer, beber e, ao menos um pouco, falar das amenidades do dia. Acho que todos perdemos dinheiro hoje para os parelheiros do general Netto. Ele tem a obrigação de melhorar nosso humor depois do prejuízo que nos deu, e não ficar criando complicadas discussões internacionais.

Deram risadas, largaram as taças, apagaram os charutos. Netto sorriu para o embaixador e perguntou se ele gostava de cavalos.

6

— Eu amo cavalos.

— Mais do que gente?

— Mais do que gente, não. Mas depois de gente, o que mais eu amo são cavalos.

— Por quê?

— São nobres. E são tão bonitos. Gosto de ver os cavalos nas paradas, tão fortes, tão garbosos. E gosto de ver os cavalos no Prado, longos, elegantes. E gosto de vê-los no campo, livres, tranqüilos. Os cavalos me descansam.

— É uma visão romântica.

— Romântica?

— Quem conhece cavalos sabe que são animais trapaceiros e egoístas.

— O senhor está com um humor terrível.

— Eu conheço cavalos. Meu negócio são cavalos.

— O senhor ficou mal-humorado quando o embaixador disse que caudilhos têm o instinto aristocrático.

— O embaixador foi certeiro, mas ele me deixou mal-humorado quando eu perguntei a ele se ele gostava de cavalos.

— E ele gostava?

— Disse que não. Mas apreciava corrida de lebres.

Ela soltou um riso espontâneo, uma cascata exuberante, um jorro de luz. O cabelo caiu sobre o rosto.

— Por favor, repita isso.

— Isso o quê?

— Esse riso.

— Precisa dizer alguma coisa engraçada.

— Não me ocorre nada.

— Então não posso rir.

— Tente lembrar a gravata do embaixador.

Ela riu e cobriu os lábios com o leque.

— Esconder não vale.

— Lembrar o embaixador também não vale.

— Vou tentar lembrar uma história engraçada. Deixe eu ver... Sabe de onde vem meu sobrenome, Netto?

— Não.

— Pois, meu tataravô também criava cavalos.

— É um mal de família.

— Nota-se. *Bueno*, quem corria nos cavalos dele era o seu neto, que viria a ser o meu avô. Pois meu tataravô ficava na chegada da cancha a gritar feito louco, dá-lhe neto, dá-lhe neto!

Fez uma pausa para o sorriso dela.

— Todo mundo começou a chamar o rapaz de Netto. Tanto que, na região, ninguém mais conhecia ele por outro nome. Quando ficou adulto, adotou o Netto como sobrenome. Por isso, hoje eu sou Netto.

— Gostei da história.

— Gostei do sorriso.

Ele olhou para as mãos dela. Ela percebeu.

— Tenho ouvido muito a seu respeito, general.

— O embaixador me disse a mesma coisa.

Ela tornou a rir.

— Vamos esquecer o embaixador.

— Excelente.

— Mas, mesmo assim, tenho ouvido muito a seu respeito.

— Coisas boas, espero.

— Escandalosas, me parecem.

— Deve ser um equívoco.

— Seu sucesso com as mulheres? Deve ser.

— Ouviu falar de meu sucesso com mulheres? Isso é completamente incrível.

— Suas viagens a Montevidéu são famosas, general.

— Um homem solitário geralmente é vítima de calúnias. Eu vivo para minha família e minha estância.

— Família?

— Não sabia?

— O senhor tem família?

— Eu tenho um filho.

— Um filho?

— Benedito.

— O senhor é solteiro.

— Benedito é adotado.

— Ah.

Silêncio. Ele tornou a olhar para as mãos dela. Ela sorriu.

— Adotar uma criança é um gesto nobre.

— Encontrei Benedito no caminho, quando me mudava para o Uruguai.

— Por acaso não era uma criança de cor?

Netto olhou para ela.

— De cor? *Bueno*, cor ele tinha, logicamente. Cor negra. Ele é preto como um carvão, se é isso que vosmecê quis dizer.

— General Netto, não se faça de proselitista comigo. Eu não sou o embaixador da Inglaterra.

Netto olhou para ela demoradamente.

— Eu tenho certeza que vosmecê não é o embaixador da Inglaterra, senhorita Maria.

— Obrigada.

— O luar está nos seus cabelos, senhorita Maria.

Ela se moveu, incômoda.

— No embaixador ficaria um efeito desagradável, com aquela gosma com que empapa os cabelos.

— Seus poucos cabelos.

— E o luar está nas suas mãos, senhorita Maria.

Ela imobilizou o gesto de estender a mão até o cálice de vinho.

— Eu não teria nem por um segundo a vontade de tocar nas mãos do embaixador, senhorita Maria.

— Folgo em saber. Então, o senhor tem um filho chamado Benedito e duzentos escravos na sua estância.

Netto ficou examinando o luar escorrer vagaroso ao longo do rosto de madona de Rafael.

— Nunca vi uma madona de Rafael. Nunca vi um autêntico Rafael. Gostaria de ver, mas perdi a vontade quando a conheci.

— Perdeu a vontade?

— Tenho medo de ficar decepcionado.

Olhou para suas mãos, sem pressa, sem sorrir.

— O número de escravos que dizem que eu tenho varia conforme a pessoa que o diz. Mas nunca ninguém me disse, ou me perguntou, se aquelas pessoas não resolveram me acompanhar de livre e espontânea vontade.

— Desculpe.

— Por favor, não diga isso.

— Por que não?

— Porque, quando o disse, surgiu uma ruga na sua testa.

— Uma ruga na minha testa?!

— Uma ruga, sim. Sinal de que pedir desculpas para uma dama da aristocracia de Paissandu é um ato doloroso. Não faça mais isso.

— O senhor tem um senso de humor muito particular, Mr. Netto.

— *Gracias*, senhorita Maria.

— Creio que já ouvimos esse diálogo hoje, general.

— Mera coincidência, senhorita Maria.

Ficaram calados, e por um momento não souberam se aquele silêncio era propício para seus desejos não declarados, mas já estabelecidos.

Netto apressou-se em restabelecer a comunicação.

— O luar, agora, incide sobre sua orelha, senhorita Maria.

— Sobre minha orelha direita?

— Exatamente. E brilha com mais intensidade no brinco que a senhorita usa. É um efeito notável.

— Parabéns para a lua.

— A senhorita tinha livros de pintura naquele nosso célebre encontro na livraria de San José.

— O senhor espiou meus livros?

— Espiar, propriamente não o fiz. Não seria correto. Mas foi impossível não ler o título de algum.

— Aquilo não foi um encontro, general.

— É verdade. Fiquei com um galo na testa várias semanas.

— Que exagero! O meu durou dois ou três dias.

— Minha cabeça é menos dura.

— Duvido muito. Por sinal, o senhor também estava cheio de livros. Romances franceses.

— Ah! Andou espiando *meus* livros!

— Às mulheres é permitido.

— Permitido? E isso por quê?

— Segundo o consenso universal, mulheres não são seres frágeis e bisbilhoteiros e frívolos?

— Pode ser, mas não por estas bandas.

— Não sabia que o senhor gostava de ler.

— As noites de inverno são demoradas em Piedra Sola.

Ficaram olhando para a frente, para o jardim tomado pelas sombras.

— Como se chama o lugar onde tem sua estância?

— Cañada de la Piedra Sola.

— Isso.

— Já ouviu falar?

— As tardes de Paissandu também são demoradas.

— Sim?

— E um general solteiro é assunto de mulheres solteiras.

— Naturalmente.

— Não seja pretensioso.

— Quando a senhorita saiu da livraria, naquela tarde, a primeira coisa que fiz foi perguntar ao livreiro quem vosmecê era.

— E ele disse?

— Certas coisas não se negam a um general.

— Principalmente se tem um exército particular.

— E depois que fiquei sabendo quem vosmecê era, implorei aos deuses a oportunidade de um encontro.

— Implorou aos deuses? Ficou subitamente humilde, general. Pensei que tinha entrevistas com eles.

— Implorei. E mobilizei meu exército particular para a necessidade de uma ação como a dos gregos para recuperar Helena.

— O senhor ficou zangado de verdade quando falei no *seu* exército.

— Eu sou um criador de gado.

Ergueu o cálice e examinou-o contra o luar.

— Mas, se houver necessidade, eu tenho muitos amigos. E meus amigos têm muitos amigos.

— Entendo.

Ele inclinou-se e apanhou a garrafa de Porto.

— Seu cálice está vazio.

Ela estendeu o cálice, ele encheu-o com uma mão empunhando a garrafa, com a outra tocando na mão dela.

— Há pouco, vosmecê declarou que tinha vontade de tocar minhas mãos. Vejo que não espera muito para satisfazer suas vontades.

Ele continuou com a mão sobre a dela.

— Não creio que tenha declarado tal coisa há pouco, senhorita Maria.

— Com certeza que declarou.

— Lembro-me de ter declarado que não teria vontade de tocar nas mãos do embaixador de Sua Majestade Britânica. A senhorita deduziu o resto.

— Deduzi mal, naturalmente.

— Eu diria que acertou em cem por cento.

— Acho que podemos brindar a isso.

Tocaram os copos.

— A garrafa já está praticamente no fim.

— Confio que na adega de don José haja mais dessas nobres garrafas de cor púrpura, senhorita.

— Sem dúvida, depois da quantidade que o senhor trouxe de presente.

— Eu queria agradar o dono da casa. No Egito, beber vinho era um ato religioso.

— Que desculpas inventam os homens para beber!

— É a pura verdade. Deus me livre de filosofias em saldo e de más garrafas de vinho, como dizem no Douro, mas a embriaguez, no Egito, em Israel, na Grécia, era despenalizada, pois era vista como um ato religioso, como uma aproximação com os deuses. O vocábulo grego *enthousiasmos* significava embriaguez ritual. Acho que tem a ver com nossa palavra entusiasmo.

— O senhor não pretende se entusiasmar, pois não?

— Não é necessário, Maria.

Agora estavam a se olhar nos olhos.

— É vosmecê que me estimula a coragem.

Ela afastou os olhos dos olhos dele, afastou a mão da mão dele.

— Vosmecê me estimula a imaginação, os sonhos, a vontade de dizer coisas que nunca disse.

— Por favor, não diga.

— Eu não sou mais um homem moço. E tenho medo de ter levado uma vida inútil. Tenho medo de...

— Medo? O general Netto com medo?

— O medo é um sentimento que eu conheço muito bem. A minha vida toda andei cercado de homens com medo. Milhares de homens com medo de morrer ou de ficar aleijado na hora seguinte. E cercado de animais com medo, cavalos com medo, cães com medo. O medo eu conheço bem, senhorita Maria. É companheiro do homem.

Do jardim escuro veio um sopro de frio. Ela aconchegou o xale aos ombros.

— Eu também tenho medo.

Ficaram calados, beberam calados.

— Mas numa coisa o senhor se engana, general.

— Sim?

— Que não é um homem moço.

Netto riu.

— Ah, esse é um assunto que as mulheres não deixam morrer.

— Não subestime as mulheres, general.

— Não faria essa bobagem. Já tenho mais de cinqüenta anos no lombo para subestimar as mulheres.

— Mais de cinqüenta? Agora, sim, me deixou surpresa.

— Cinqüenta e sete, precisamente, senhorita Maria.

— Ninguém diria, general.

— Graças à índia Concepción.

— À índia Concepción?

— À índia Concepción e às receitas de minha tataravó que vieram com ela de Portugal.

— E quem é a índia Concepción, general?

— É minha cozinheira, senhorita Maria. Tem noventa e tantos anos. Ninguém sabe quantos. Diz que quer viver até fazer cento e vinte.

— E o que essas receitas têm a ver com sua idade?

— São receitas feitas com uma poção mágica.

— Não ria de mim, general.

— A poção está na sua mão, senhorita Maria.

— Isto?

Ergueu o cálice.

— O vinho do Porto, exato. Misturado com algumas iguarias é capaz de realizar milagres. Tenho as receitas em casa.

— Guardadas à chave.

— Não propriamente.

— Diga alguma.

Netto pensou.

— Na véspera em que saí para esta viagem Concepción cozinhou para mim uma lebre que eu cacei.

— Adoro lebre.

— Deve-se cortar a lebre em pedaços e deixá-los marinar no próprio sangue, junto com o conteúdo de uma garrafa de vinho do Porto, uma cebola cortada em rodelas, dois dentes de alho e um ramo de manjerona.

— Parece delicioso.

— Ponha sal grosso e pimenta preta em grão e deixe tudo ficar durante três horas nessa marinada. Pegue um tacho, ponha um pouco de banha de porco, duas colheres de sopa de manteiga e três colheres de sopa de azeite.

— Sabe tudo de memória!

— É necessário. No campo não se carregam livros de receitas. Quando as gorduras ferverem, ponha um pouco do líquido da marinada. Deixe ferver novamente, depois ponha a lebre no tacho. Cubra-a com todo o líquido da marinada, feche o tacho e deixe em fogo brando durante uma hora. Não abra o tacho nunca. Pode-se dar-lhe umas voltas se quiser, agarrando-o pelas asas.

— É esse então o seu segredo?

— Vamos brindar a isso?

Tocaram os cálices.

— Agora, conte-me um segredo seu.

Maria arrumou o xale nos ombros. Por um momento pareceu que ia falar, mas ficou silenciosa e imóvel, aconchegada às almofadas do balanço duplo, Netto ao lado dela, na frente a mesinha com os cálices e a garrafa.

Do jardim viam o vulto branco da glorieta, e a massa escura dos jacarandás. Do jardim vinha um vago perfume a flores úmidas, atravessado pelo frio da madrugada. O rio, longe, levantava um pouco de cerração. Pequenos ruídos, algum latido distante.

A varanda estava imersa numa calma tão profunda que podiam sentir a presença do sono na casa. Netto foi acometido duma vontade imperiosa de fumar.

— Os convidados todos já se retiraram há bastante tempo. Na verdade, sou o último convidado. Seus pais com certeza já foram dormir.

Ela estendeu a mão e pousou sobre a mão dele.

— Tenho trinta e oito anos e uma vida vazia. Esse é meu segredo.

Netto ficou segurando a mão dela.

— Não pode ser vazia, se apenas sua presença me estimula tantas coisas.

— Quando tinha dezoito anos, era noiva de um oficial de cavalaria. A última vez que vi meu noivo foi numa parada militar. Ele ia para a guerra, orgulhoso, jovem, tão belo... Digo que foi a última vez, mas ele voltou um ano depois. Voltou, mas não era ele.

As frondes das árvores se mexeram, o luar frio roçou a face dela.

— Tinham cortado as duas pernas dele. Mas isso eu acho que poderia suportar, pois era jovem e forte e não amava somente o corpo dele. O que eu não podia ou não poderia suportar era o fato de que Ramón estava em estado de choque. Não falava, não se mexia, não se alimentava. Passava os dias inteiros olhando fixo para a parede na sua frente, consumido por um terror que o atormentava e que era só dele, um terror ao qual ele não podia escapar e que não podíamos diminuir.

Apertou a mão de Netto, sorriu para mostrar coragem.

— Dois anos assim. Um dia de verão, na hora da sesta, começou a gritar, a gritar todo o terror que tinha dentro, todo o terror que tinha padecido, todo o terror dessas guerras tão heróicas que vosmecês tanto idolatram.

Netto sentiu sua mão transpirar (ou seria a dela?).

— Morreu no fim da tarde, vinte anos atrás.

Ficaram calados, olhando para as sombras do jardim. Sentiam um a presença do outro, a mão quente e úmida do outro, o cheiro a lavanda e perfume e charuto e o cansaço do outro.

— Passei minha vida toda entre cavalos e homens.

— Passei minha vida toda entre rendas e novenas.

— Vosmecê estimula minha coragem. Me dá força para dizer palavras que nunca disse.

Suavemente ela colocou a mão sobre os lábios dele.

— Não diga.

— Entre homens e cavalos, atrás de sonhos. E fugindo duma palavra.

— Não diga.

A fria claridade da lua filtrava-se para a varanda, trazendo com ela a forma de piedade que o enfraquecia e atormentava, mas também a paz do sono na casa adormecida como uma forma da agudeza de atributos, da clemente sanidade, da dimensão compreensível que buscava nas brasas da lareira, nas demoradas noites de Piedra Sola.

— Uma palavra sagrada.

— Não diga.

— Uma palavra obscena.

— Não. Eu tenho medo.

Dois seres humanos adultos abraçados à fria luz da madrugada de inverno. Ele disse:

— Amor.

Ela encostou a face na barba dele. Olhando o jardim nas trevas, disse baixinho, como quem segreda:

— Vem aí outra guerra. Não vem aí outra guerra?

PARTE VI

CORRIENTES

Cinco anos depois: Hospital Militar de Corrientes, República Argentina, 1º de julho de 1866.
Segundo ano da guerra entre a Tríplice Aliança e o Paraguai.
Madrugada.

1

Há uma porta batendo em algum lugar. Há um reflexo de água brilhando no teto do quarto. O reflexo é uma ameaça. É um jaguar de olhos amarelos.

Bobagem. A febre não o deixa mais distinguir a diferença entre o real e o irreal. Há um ruído de chuva, pardo, parelho, onipresente

Há um cão latindo em algum lugar. Netto fica escutando o latido, atento, ignorando a imobilidade do grande negro sentado na cadeira ao lado da cama.

Netto passa a mão sobre o rosto e constata que ela sai encharcada do suor que poreja na barba grisalha.

— Sargento, quero sua opinião sincera.

Fala olhando para os reflexos no teto.

— O que vosmecê faria se o homem que dorme na cama ao lado da sua, num quarto de hospital, teve as duas pernas decepadas por um cirurgião de meia-pataca, e num determinado momento esse homem encara-o com os olhos marejados de lágrimas e diz numa voz perplexa, deformada de pena e de ódio: *general, ele fez isso de propósito!*

A respiração de Netto é pesada. Ele observa o negro impassível.

— Sargento, o que vosmecê faria se, bem no seu íntimo, vosmecê soubesse que esse homem disse a verdade, porque vosmecê descobriu que esse cirurgião é um maldito charlatão e é um sádico e que veio para a guerra para causar dor e tormento só porque isso lhe dá prazer?

O sargento não se move.

— Sargento, eu tenho convicção de que o capitão de los Santos recorreu a mim como a uma autoridade. Eu tenho, portanto, a obrigação do exercício da autoridade. E sei, também, que ele recorreu a mim como a um amigo.

A respiração de Netto fica mais difícil.

— Sargento, dois homens num quarto de hospital estão unidos. Seja pela dor, seja pela desgraça, mas estão unidos, talvez mais unidos do que quaisquer outros seres humanos. O capitão de los Santos recorreu a um amigo. É outra obrigação que eu tenho. A obrigação moral. Tenho dupla obrigação. De autoridade e de amigo.

Fez uma pausa demorada, olho no teto, controlando a respiração.

— E obrigação de camarada. Eu sei muito bem que o capitão de los Santos é um correntino bobalhão, mas inofensivo. Só gostava de contar histórias e de dar risadas. Não fazia mal a ninguém.

Calou-se e procurou o olhar do sargento.

— Vosmecê sabe o que vai acontecer se eu denunciar o tenente-coronel Fointainebleux.

— Sei, general.

Netto esperou.

— Não vai acontecer nada, general.

— Foi o que eu pensei, sargento.

— E talvez riam de vosmecê, general.

— Isso também me ocorreu, sargento.

No silêncio os mosquiteiros emitiram ruídos pequenos como suspiros. A cadeira do sargento estalou.

— Então é esse francês cheio de fricotes que vosmecê quer despachar, general?

— Eu fiquei aqui matutando comigo mesmo, sargento, que, considerando as circunstâncias, talvez essa seja a única coisa decente a fazer.

— Se Deus quiser, naturalmente.

— Naturalmente.

— Vosmecê pensou em algum método em especial, general?

Netto não disse nada. Remoía alguma coisa. Os mosquiteiros dançaram empurrados pela brisa que entrava pela fresta da janela.

— Eu tenho esta Remington, general, mas é meio barulhenta. Pode despertar todo o hospital.

— Pra le dizer a verdade, pensar mesmo não pensei, sargento, mas tem um bisturi na gaveta dessa cômoda.

— Isso é uma novidade interessante, general.

— O tenente-coronel Fointainebleux costuma fazer uma ronda de madrugada, sargento.

— Outra novidade interessante, general.

— Ele dorme num quarto no fim do corredor. Não vai nunca para casa. Acho que não tem casa. O único interesse dele é cortar pernas e braços, sargento, abrir barrigas, manchar as mãos imundas de sangue.

— Eu também conheci um homem assim, general.

Netto fechou os olhos.

— Também eu tenho uma missão de vingança.

Escutou a voz do sargento como uma ameaça. Sentiu o sargento curvar-se sobre ele, ouviu seu sussurro:

— General, preciso de sua licença para matar um homem.

— Quem é esse homem, sargento?

— Está neste quarto, deitado numa cama.

Netto hesitou apenas um segundo.

— Vosmecê tem minha licença, sargento.

— Só que ainda não pensei em como, general.

— Seja como for, precisa ser em silêncio.

— Isso é verdade.

— E que seja antes do clarear do dia.

— Talvez apertando com o travesseiro nas ventas dele, até que pare de respirar.

— Me parece uma boa idéia.

2

— Eu matei índios. Matei negros. E matei brancos. Mais do que tudo, matei castelhanos: uruguaios, argentinos, paraguaios, chilenos. Matei portugueses. Matei galegos. Aqui neste quarto eu ficava matutando comigo mesmo nessa gente toda que matei e me dava um peso enorme no coração, sargento. Acho que buscava um pretexto, queria justificar, dar um sentido decente a essa sangueira toda, mas a razão falta quando a gente se lembra de tanto sangue. A gente não quer acreditar que tudo é inútil. A gente quer se lembrar por que matou tanto e pensa nas idéias, nas grandes palavras, e não acha resposta que valha a pena tanto sangue. Não me lembro mais das palavras, só me lembro dos mortos, um a um. Negros, brancos, índios, cafuzos, a interminável procissão de gente morta nessas guerras do pampa.

— Eu só me lembro dum negrinho.

Netto ficou olhando a umidade no forro, os reflexos da água. O sargento ficou olhando as mãos. Três fantasmas de noivas flutuavam no ar.

Netto se mexeu com esforço, sentou na cama. Os pés brancos e finos surgiram do camisolão e ficaram pendurados, rentes ao chão.

Netto agarrou dois grandes travesseiros e estendeu-os para o sargento.

— Vamos cumprir nossa obrigação.

O sargento Caldeira apanhou os travesseiros, apertou-os contra o peito. Netto estava cada vez mais pálido.

— Eu não tenho força para mais nada, sargento. Estou imprestável.

— Vosmecê pode agarrar as pernas dele, general.

Deram a volta na cama e aproximaram-se do enorme vulto do major Ramírez. As sombras dos dois homens ocuparam as paredes brancas. A chuva aumentou nesse momento. Ficaram olhando o major Ramírez respirar.

— Ele matava crianças, general. E mulheres. E grávidas. E pobres velhos. Eu vi ele mandar abrir uma cova e mandar jogar lá dentro o que restava duma povoaçãozita chamada Ayuí-Chico. Umas setenta pessoas, mais ou menos. Todos pobres e desarmados. E ele dava risadas e se achava um grande herói. Grande Herói do Exército da Tríplice Aliança.

Havia uma gota de pus no buraco do olho arrancado. O outro olho, fechado, parecia um carbúnculo, apodrecendo. O major Ramírez se moveu com dificuldade, murmurou uma obscenidade e se aquietou. Suas grossas mãos peludas estavam fechadas, como se agarrando a alguma coisa salvadora.

— Eu venho seguindo ele, general. Desde Uruguaiana estou de olho nele. Eu vi ele mandar botar no rio corpo de cristão que morreu de cólera, pra contaminar as pobres gentes. Vi ele arrancar a pele dum índio pra vender no comércio.

— Ele é uma besta humana, mas os paraguaios também fizeram muita barbaridade com nossa gente, em Uruguaiana, em Passo Fundo, no Touro Passo.

— Eles estão pagando caro, general, mas este vai ficar impune, vai ganhar promoção e medalhas.

— Não pela nossa vontade, sargento.

— Com sua licença, general, vamos ver se ele pode com um negro velho como eu.

Transformado num jaguar silencioso, o sargento Caldeira caiu com os travesseiros sobre o rosto do major Ramírez e apoiou-se nele com todo seu peso e força.

As mãos do major se abriram. As mãos do major se ergueram no ar. As mãos do major encontraram o sargento Caldeira e se cravaram nas suas costas e bateram no seu rosto mas o sargento agüentou e se firmou com mais força sobre os travesseiros, abafando os grunhidos desesperados que vinham lá de baixo.

Netto agarrou as pernas que se debatiam, apertou-as contra seu corpo, sentiu que resvalavam pelo suor que ambos porejavam, mas resistiu, como fazia no lombo dum potro xucro, como fazia na reta final duma carreira.

Ficaram sujeitando o major Ramírez, dobrados sobre ele, sentindo os estertores e a transpiração e os ruídos peculiares que espocavam em suas tripas.

A chuva começou a aumentar, pipocando no teto de zinco. Os mosquiteiros se agitaram com mais intensidade. A porta bateu em algum lugar.

O major se aquietou. O sargento Caldeira não afrouxou o abraço. Muito tempo depois do major ficar inteiramente imóvel o sargento Caldeira ainda não tinha afrouxado o abraço.

Quando ouviram um estalo, o sargento e Netto trocaram um olhar. Lentamente, o sargento foi saindo de cima do corpo do major Ramírez.

Netto largou as pernas, vagaroso, molhado de uma transpiração gelada, sentindo que mergulhava num torpor que transformava seus músculos e nervos em uma coisa flácida. Cambaleou para a cama. O sargento voltou à cadeira e sentou-se, procurando controlar a respiração.

Alguém passou no corredor lá fora. Netto sentiu uma espécie de agonia irresistível, deixou-se levar pelo sono que o vergava, e por alguns instantes esteve em La Glória, segurando o freio do pônei para a pequena Teotônia montar, enquanto Gaudério latia em torno, excitado e feliz.

— Falta o seu, agora, general — sussurrou o sargento Caldeira.

3

Netto percebeu que não sentia mais a mão direita.

— Preciso de ajuda para vestir o uniforme.

O sargento pareceu surpreso.

— Não vou andar por aí de camisolão, como se fosse um fantasma. E depois de despacharmos o carniceiro vamos ter que sumir no mundo, sargento.

O sargento Caldeira aproximou-se do grande guarda-roupa junto à parede, abriu-o e retirou o uniforme de general do Exército Republicano Rio-grandense.

— Minhas botas — disse Netto.

— Desculpe, general, eu sempre esqueço as botas.

Remexeu no guarda-roupa e encontrou-as.

— Como vosmecê sabe, nunca consegui juntar dinheiro para poder comprar umas para mim.

— Cansei de le oferecer um par de botas, sargento.

— Nunca fui homem de aceitar caridade, general.

— Cansei também de escutar essa churumela durante toda a minha vida, sargento. Me ajude a me vestir e vamos lá procurar o carniceiro.

O sargento começou a ajudar Netto a vestir o uniforme.

— Tá sobrando uniforme, general.

— Gordura é bom pra cevado.

— Agora, as botas.

Também ficaram grandes, os pés dançando dentro delas.

— O sabre.

O sargento Caldeira apanhou o sabre pendurado na parede. Netto afivelou-o ao cinturão. O sargento alcançou-lhe a banda tricolor — amarela, vermelha e verde — da República Rio-grandense. Netto passou-a sobre o peito.

— Parece que vai a uma parada, general.

Netto contemplou seu reflexo nos vidros da janela.

— Um oficial rio-grandense tem o dever de cuidar da aparência.

Estava bastante pálido, é verdade, mas isso era coisa que não tinha como evitar.

— Três anos atrás fui a uma audiência com o Imperador do Brasil, a pedido dos meus amigos. Com todo o respeito, fui dizer a ele que: ou ele tomava providências contra o governo de Pancho, que perseguia os brasileiros que moravam no Uruguai, quase todos camaradas da *nossa* guerra e que viviam exilados lá, ou eu tomaria providências. Ele me olhou, deu um sorriso e disse: é verdade, general, que vosmecê não tira o chapéu a monarcas? Eu respondi: é verdade, Imperador, mas também é verdade que eu nunca fiz desfeita a um homem na casa dele. Por isso vim fardado de milico. Um oficial não precisa se descobrir em qualquer circunstância. Só diante de uma dama. É da etiqueta, não é verdade? Ele teve que concordar que era verdade.

Puxou os punhos da camisa para os nós dos dedos, mexeu com os ombros, foi se tornando mais pesado, mais solene.

— Porque fui falar com o Imperador do Brasil disseram que servi de instrumento aos ingleses que queriam a guerra contra López. López não toleraria um ataque contra Pancho. Eram compadres. E tinham um acordo. Mas isso não era assunto meu. Eu cumpri minha obrigação com meus camaradas.

O sargento alcançou-lhe o quepe. Netto ajeitou-o na cabeça.

— O Imperador do Brasil me disse que admirava nossa bela Província, mas que padecia muito com o ânimo belicoso dos rio-grandenses. Que era um homem de bem, que amava as belas-artes e a democracia. Eu respondi que até onde sabia, os rio-grandenses também amavam as belas-artes e a democracia, e que também admirávamos essa vida tão lírica da Corte, essa Atenas tropical onde ele reinava tão graciosamente. Mas que tínhamos sustentado duzentos anos de guerras de fronteiras, e que sabíamos que mais guerras ainda viriam. Não éramos belicosos, como ele dizia, porque assim o desejávamos, mas porque, se a uns coube o destino de Atenas, a outros coube o destino de Esparta.

— Mas bá! Gostei do floreio, general.

Netto deu um último olhar na sua imagem nos vidros da janela, alisou a banda tricolor no peito.

— Sargento, pegue o bisturi na gaveta da cômoda.

O sargento Caldeira remexeu na gaveta e achou o bisturi. Mostrou-o para Netto e guardou-o no bolso da túnica.

— Não vou sujar meu sabre no sangue desse verme — disse Netto.

Olharam o corpo inteiriçado do major Ramírez sem a menor comiseração.

— Agora, em frente.

O sargento abriu a porta, espiou o corredor. Vazio.

— Sargento, não sinto mais minha mão direita.

O sargento parou na porta, olhou para ele com estranheza. Netto ficou vexado; o tom de sua voz, contra sua vontade, fora quase uma lamúria. Sentiu raiva, olhou com desafio para o sargento.

— Já estou melhor, sargento. Vamos fazer essa consulta com o coronel Fointainebleux.

Sem o saber invocando à magia da farda novas fontes de energia enquanto avançava pelo corredor gotejante, Netto foi invadido por brusca e inesperada felicidade: o corredor se transfigurava, iluminado pela imponente visão de La Glória numa tarde de sol, as duas meninas montadas em pôneis trotando em círculos, Maria na varanda com o tricô na mão.

Varreu a aparição com a força da vontade. Não podia se distrair. Precisava se concentrar na grave tarefa de assassinar o tenente-coronel Philippe Fointainebleux para desagravar seu amigo, o capitão de los Santos.

Chegaram na porta do gabinete do tenente-coronel, imobilizaram-se quando ouviram os passos da sentinela passando no pátio e descontraíram-se quando os passos se afastaram e foram abafados pela chuva e então o sargento Caldeira empurrou suavemente a porta do gabinete e lá estava o tenente-coronel dormitando sobre a escrivaninha cheia de papéis, a mão morena esbarrando no tinteiro, a cabeça apoiada num grosso livro de capa escura, a bolsa de tabaco ao lado.

Não tinham combinado nada. Ficaram olhando o tenente-coronel dormitar sobre a mesa e então o sargento Caldeira transformou-se num jaguar e em dois passos estava atrás do tenente-coronel Philippe Fointainebleux e agarrou seus cabelos e puxou sua cabeça para trás e no momento que o tenente-coronel abriu os olhos achando que estava no meio de um incômodo pesadelo o afiado bisturi abriu sua garganta de lado a lado abafando seu grito.

O sargento Caldeira largou a cabeça do tenente-coronel sobre a escrivaninha e olhou para Netto.

— Este não carneia mais ninguém.

— Vamos embora — disse Netto.

Saíram do gabinete e fecharam a porta com cuidado, sem olhar o sangue que se esparramava sobre a escrivaninha. Caminharam pelo corredor, chegaram na porta e saíram para a longa varanda.

A chuva tinha diminuído, mas persistia, paciente, monótona. Então, sem anúncio, um arrepio, longo, gelado, insolente, atravessou Netto de lado a lado e ele estremeceu.

— Esqueci a capa — murmurou num princípio de pânico.

— Vou buscar para vosmecê, general.

O sargento se afastou, sem ruído. Netto se apoiou ao pilar de madeira da varanda e procurou ignorar o frio que começava a paralisar todo o seu corpo.

Não sentia a mão direita. Isso significava o quê? Talvez nada, talvez muito. De qualquer modo, fosse o que fosse, era uma ocasião pouco propícia para começar uma aventura.

Foi escorregando contra o pilar de madeira, foi fechando os olhos. *Tropel. Tambor de patas! Clarins! É uma carga de cavalaria! O vento na barba, as bandeiras estalando!*

Abre os olhos, gelado. Não sente a mão direita. *Meu Deus, não sinto a mão direita!* Começa a se incorporar, olhando cauteloso para os lados. Outra vez estava rompendo com tudo — e desta vez não tinha um exército para acompanhá-lo. Apenas o veterano sargento Caldeira, com sua carapinha branca. Eram dois veteranos irresponsáveis, isso é o que eram, e precisavam sair dali rapidamente, antes que os prendessem e a humilhação fosse inevitável.

4

O sargento apareceu e colocou a capa sobre os ombros de Netto. A bênção do calor fez sua coragem crescer. Encostaram-se um ao outro e saíram rente à parede, curvados para se protegerem da chuva.

— Eu conheço o caminho, general. Venha comigo.

Atravessaram um jardim com canteiros floridos, passaram debaixo de grandes árvores escuras, pisaram seixos redondos que formavam um caminho curvo que conduzia aos grandes muros do portão.

— As sentinelas — murmurou Netto.

Ficaram algum tempo imóveis junto ao muro, agüentando a chuva e examinando a situação.

— Por aqui — disse o sargento.

Avançaram curvados, Netto percebendo cada vez mais que suas forças terminavam, mas forçando o organismo a resistir, concentrando a mente nas reservas de energia que ele sabia que possuía e em que confiava.

O muro terminou e começou uma cerca de madeira e logo chegaram num pequeno portão. O sargento empurrou-o com o joelho e saíram da área do hospital.

Puseram-se a caminhar, tateando, agarrados um ao outro, curvados, sem olhar para trás, buscando a grande mancha escura do bosque na sua frente, Netto descobrindo, ainda sem saber, ainda sem o aval do assombro, sem as perguntas necessárias, que o mundo perfeito e independente de La Glória não excluía a existência deste, molhado, resvaladiço, frio, sem concupiscência.

— Aqui não vão nos achar tão cedo, general. Amanhã de manhã vamos roubar cavalos e voltar para casa.

Olhou com perplexidade para o sargento Caldeira, com súbita fúria, como se despertasse. Passou a mão no rosto e sentiu-o ardendo.

— Eu não posso voltar para casa. Eu não sou um ladrão de cavalos. Eu sou um oficial. Eu tenho responsabilidades. Matamos aqueles dois animais por motivos humanitários. Eu não vou fugir.

O sargento mostrava o sorriso irônico. Um sargento não tem o direito de sorrir ironicamente para um oficial. *Esse negro é um insubordinado!*

— Vosmecê vai à Corte Marcial, general, mas o que vão fazer com um negro velho como eu?

Netto vergou a cabeça. A febre começava a cegá-lo. Sentiu uma tontura intensa, pensou que ia cair.

— Eu não vou abandoná-lo em nenhuma circunstância, sargento — conseguiu articular com solenidade.

As pernas vergaram, mas resistiu.

— Depois de sairmos deste apuro, vou pensar no que é mais correto para fazer, sargento.

Continuaram andando através do bosque. As frondes invisíveis se moviam e sussurravam. Agora não chovia mais. Uma neblina esbranquiçada envolvia o mundo.

— Sargento.

Netto parou, lívido, encostou o rosto num tronco molhado.

— A carta de Garibaldi...

— O que tem, general? Tá aqui comigo.

— Vosmecê falou em Corte Marcial, me lembrei da carta do corsário.

— Sim.

— Ele pergunta onde Bento, onde Teixeira, onde Canabarro.

— Sim.

— Todos mortos.

— Todos?

— Bento morreu um ano depois do Tratado de Paz.

— Eu soube dessa desgraça.

— Dizem que foi um cancro. Mas, pra mim, foi tristeza... Dessa que dá fininho e vai carcomendo por dentro... O coronel Teixeira, vosmecê sabe muito bem.

— A lança de Manduca Rodriguez.

— E, agora, o Canabarro!

— O general Canabarro morreu?

— Na véspera de ir à Corte Marcial.

Riu e afastou o rosto do tronco molhado.

— O Tatu sempre foi mui ladino.

Um relâmpago iluminou árvores atormentadas. Netto viu o brilho prateado de um rio.

— Vamos andando, sargento.

Chegaram na margem. A massa esbranquiçada da neblina pairava no meio do rio. O sargento olhou em todas as direções. Parecia procurar algo.

— O canoeiro devia estar aqui.

— Canoeiro?

Netto olhou ao redor, preocupado. Soprava um vento ainda tênue, que começou a interferir na formação compacta da neblina. A praia era comprida e deserta. Além da onipresença dos sapos, o silêncio era completo. Ouviu um leve rumor de água agitada. Firmou os olhos, mas nada era visível. E então, pouco a pouco, do interior da neblina, foi tomando forma, lento e silencioso, longo e escuro, o perfil de uma canoa. Era conduzida por um homem coberto por uma capa negra. O homem impulsionava a canoa com uma vara comprida, seguro do rumo, sem pressa.

Foi crescendo no coração o pressentimento maravilhado de que já tinha visto aquilo, de que essa paisagem o estava aguardando, de que caminhava para aquela margem há muito tempo.

O pressentimento o inquietou e o confundiu e em seguida começou a lhe arrancar bem devagar as últimas forças.

Era uma canoa de madeira, comprida e estreita. Encostou na praia a alguns metros deles. O canoeiro saltou para a margem. Netto não viu seu rosto. A capa negra arrastava no chão. O canoeiro ficou parado, silencioso.

O sargento tocou no braço de Netto.

— Vosmecê deve tomar essa canoa, general.

— Bem pensado, sargento. Para onde nos leva?

— Para a outra margem. Mas eu o acompanho até aqui no más. Vosmecê vai só.

Netto estremeceu com violência.

— E por que isso?

— Eu já atravessei esse rio, general.

Buscou mover a mão direita, ressuscitá-la, pensou que se pudesse movê-la e apanhar a adaga, a adaga que enterrou no pescoço do alazão, teria uma chance e poderia enfrentar o canoeiro imóvel e silencioso, mas agora era todo o braço que não respondia à sua vontade.

A voz também desaparecia.

— Já o atravessou? Quando, sargento?

— Em Tuyuty, general.

Encarou num instante de fascinado terror o espectro do sargento Caldeira. É a febre!

Tentou convencer-se de que delirava, e então olhou para o vulto imóvel e silencioso, *que o esperava.*

Ninguém aceita sem reparos a convicção de estar morto. Netto fraquejou, e dobrou os joelhos, e pensou em pedir ajuda. O braço esquerdo estava bom. Foi ele que abraçou o próprio corpo e o sustentou, impedindo a humilhação de cair.

Tornou a examinar o sargento Caldeira. Achou que os olhos dele estavam tristes.

— Não tem importância, sargento. Essa travessia a gente deve fazer sozinho mesmo. *Hasta la vista.*

— *Hasta la vista,* general.

Aprumou o corpo e caminhou na direção da canoa. Disse para o Vulto:

— Meu nome é Antônio.

O Vulto permaneceu calado. Netto fez uma vênia.

— *Usted primero, caballero.*

O Vulto não se moveu.

— Não tenha medo que eu não vou fugir.

O Vulto entrou na canoa. Netto voltou-se e não viu mais o sargento Caldeira. Era uma bobagem achar que os olhos do sargento estavam tristes. Aqueles olhos sempre foram tristes.

Olhou para o céu escuro. Lembrou-se da lua no dorso dos cavalos. Procurou a lua, mas só encontrou o reflexo prateado do seu resplandor. Aproximou-se da canoa pisando vagaroso a areia macia, já sem pressentimentos, sem cautela, sem olhar para o Vulto, sentindo a mordida fria do ar, dominando o narcisismo desatento, recuperando com satisfação a tolerância, a paternalidade, sentindo-se sagaz e dissimuladamente majestoso. Olhou a praia deserta. (Agora, o vento estava a favor.)

Netto empurrou a canoa e saltou para dentro dela.

Este livro foi composto na tipologia Gould Old Style em corpo 12/15 e impresso em papel Off-set 90g/m² no Sistema Cameron da Divisão Gráfica da Distribuidora Record.

Seja um Leitor Preferencial Record
e receba informações sobre nossos lançamentos.
Escreva para
RP Record
Caixa Postal 23.052
Rio de Janeiro, RJ – CEP 20922-970
dando seu nome e endereço
e tenha acesso a nossas ofertas especiais.

Válido somente no Brasil.

Ou visite a nossa *home page*:
http://www.record.com.br